조남주

文學新象 284

橘子的滋味

귤의 맛

趙南柱——著
尹嘉玄——譯

高寶書版集團

目錄

分不清天空還是大海的漆黑夜晚，
以及和該晚一樣茫然無措的心靈。
不只是彼此的真心，
就連自己的真心都難以保證。

高中開學典禮

這是筱蘭第一次打領帶。

筱蘭豎起襯衫領，將圍繞在脖子上的領帶兩端交叉打了一個結，然後解開，又重新打了兩次結，再度解開。

她決定再試一次，卻一直打不出正常形狀的領帶結，於是，她打開手機搜尋關鍵字「打領帶的方法」，按照影片教學，一步一步把領帶纏成三角形領帶結，最後再將剩餘的領帶整條從領帶結穿出。

筱蘭有點後悔，早知道應該請爸爸在出門上班之前先幫她把領帶打好。

至少今天，想要把服裝儀容弄得整齊一些。

因為是開學第一天。

因為是新校服。

靛藍色的校服外套搭配藍紅交叉的格紋短裙，以及細長的靛藍色領帶——不是簡易型的套頭式領帶，而是正式的領帶，所以顯得比較高級。相較於綠色色系的國中校服，這身靛藍色系的校服更適合筱蘭，版型剪裁也比較合身，不像國中校服，明明沒有刻意去修改，也沒有買錯尺寸，穿起來卻又短又緊，行動起來很不方便。

筱蘭只穿過兩次國中校服，一次是在開學典禮那天，一次是在拍畢業照的那天。平時的她總是穿著體育服，就連畢業典禮當天也沒有穿校服，母親叨念著校服根本就成了拍照道具，早知如此就不訂製了，拍照當天再去租校服來穿就好，不斷強調浪費了很多錢。不過，筱蘭家的經濟狀況應該不至於連一套校服都買不起，不曉得母親為何老是要說女兒浪費錢，搞得筱蘭心情很差。

筱蘭再三告誡家人，誰都不許來參加開學典禮，家族裡的任何成員都不准到場。然而母親卻說，自己已經向公司請假了，將筱蘭的警告視為玩笑話，根本沒放在心上。

「為什麼都沒問過我？這是我的開學典禮欸！」

母親張著嘴，似乎是愣住了，隨即收拾好了錯愕的表情，用更堅定的口吻說道：「可我是妳媽呀！妳怎麼能說出這麼荒謬的話？就讓我也參加一次孩子的高中開學典禮吧！」

「小孩又不是只有我一個，幹嘛偏要來我的開學典禮啊？我已經說得很清楚了，妳不要來喔！」

「筱蘭……」

「既然那麼想參加就再生第三胎啊！等十七年後不就可以去參加了？」

母親似乎是被這些話傷透了心，失望不已，但最終還是選擇聽從女兒的指示，沒去參加她的高中開學典禮。

開學典禮當天，父母一如既往地在筱蘭尚未起床前就出門上班了，哥哥也已經去了學校，餐桌上放著兩張萬元鈔票和一張母親留下的字條。

恭喜開學！

既然不讓我去參加開學典禮，那就只好給妳零用錢慶祝了。

校門口聚集了許多攤販在販賣花束，畢業典禮當天，高中正門口的兩側巷弄、車道以及對面的新永鎮國中門口全都被花店攤商占據了。難道校園生活結束比開始更值得慶祝？

筱蘭手裡不停揉著母親給她的兩張萬元鈔票，走到了離校門口最遠的花店攤位旁。

「請問有兩萬元的花束嗎？」

食指指甲上有一顆銀色星星貼紙的年輕老闆回答，最上面那排就是兩萬韓元的，那些是很常見的普通花束，鮮花之間穿插著用金箔包裝的巧克力。

筱蘭選了一束天藍色的花束，並將鈔票遞給老闆，老闆結完帳向她說了聲：「謝謝喔！」

筱蘭本來想直接轉身離開的，卻停下了腳步，向老闆致謝，而原本正在重新整理花束的老闆也停下了手邊動作，目不轉睛地盯著筱蘭看。

「恭喜開學。」

那是充滿真心祝福的聲音和表情，看來這位年輕老闆有發現筱蘭是高一新生。話說回來，花店老闆是筱蘭今天第一個交談對象，筱蘭也帶著真心期待又感謝的心情，看著老闆面露微笑。

筱蘭捧著兩萬韓元的花束走進了校門口。穿過操場往禮堂方向走去的學生大部分都像筱蘭一樣獨自一人，因為已經是不再屬於全家人要一同出席開學典禮的年紀了，再加上高中改成志願分發的制度之後，也不再有住在同一區的同學一起升上同一所高中的情形。

不習慣的校服與陌生的臉孔，共享著不滿與惋惜的尷尬微笑，大部分新生應該都不希望進入這間新永鎮高中，因為往往都是沒能順利考上特目高中[1]或是第一志願明星高中的人才會選擇來這間學校就讀——新永鎮高中就是這種學校。

新永鎮高中位於京畿道永鎮市，是緊鄰首爾的工廠聚集地，隨著這些工廠陸續往人力成本較低的中國和東南亞等地遷廠發展之後，京畿道和永鎮市就將此地規劃成數位科學園區。隨著地鐵站周圍都進駐了各大IT企業之後，附近的住宅區（新永鎮區）就搖身一變成了新公寓社區。

永鎮市大部分都是工廠和等待都更的老舊住宅，但是新永鎮區的環境氛圍就不是這麼一回事了，不但離永鎮數位科學園區很近，要進首爾也很便利，吸引許多年輕白領上班族移居此地，居民平均所得也相對較高，因此，新永鎮區便有了「京畿道裡的首爾」、「永鎮右派」等不確定是褒還是貶的美名。在如此環境整潔、交通便利、各種生活機能都一應俱全的新都市裡，唯一美中不足的地方，就是教育基礎設施。

1 特目高中：特殊目的高中，以栽培體育、藝能人才為主。雖然有分公立、私立，入學也需進行審核，不少未成年練習生或是藝人都是就讀這類型的高中，取得同等學歷。

從新永鎮區過一座橋，就是全韓國大學入學成績數一數二、教育熱度極高、補習班林立的首爾多蘭洞。

新永鎮的學生會搭接駁車到多蘭洞的補習班補習，隨著年級越高，學生也會自然而然地轉到首爾多蘭洞的學校就讀，新永鎮的學校則是年級越高，班級越少，學生人數也越不足——換句話說，就是個留不住學生的地方。五年前標榜「科學重點高中」創校的新永鎮高中，大學入學成績也都不盡理想。

那時，率先提議的人是功課最好的多允，其他人則發出質疑的聲音。

「妳確定不去京仁外語高中？老師們怎麼可能眼睜睜看著妳去上新永鎮高中。」

「嗯，我要去新永鎮高中，只要我們都說好一起去的話。」

接著，所有人的表情突然都變得極為嚴肅。

旅行來到最後一天，傍晚，四個人原本說好要等恩芝的母親睡著，然後一起偷偷分喝一罐啤酒，但是天真的孩子們最後連碰都沒去碰那冰在冰箱角落、也不知何時被冰進去的那罐啤酒，桌上只有擺著炸雞和可樂，但大家早已呈現了微醺的氣氛。

四個人聊著聊著，聊到了上國三要一起參加電影社，等上了高中也要保持聯繫，甚至聊到了乾脆一起上同一所高中的話題。

「你們想想，有誰會想填新永鎮高中？只要把這間學校填成第一志願，就一定能上榜，我們就可以順理成章讀同一所高中了。」

海仁看著多允十分賣力地解說著，圓潤光滑的額頭都已經爆出了青筋，她忍不住「噗哧」笑了一聲。

「我看妳是因為金尚赫吧？」

「什麼意思？」

「我上次有聽他說過，他只想填距離這裡最近的新永鎮高中，你們是不是根本沒分手，還在那邊糾纏不清啊？」

被海仁這麼一問，多允立刻迴避了海仁的目光。

「什麼啦，才不是。」

「我看明明就是。」

「不是！才不是！我都說不是了！」多允大聲地反駁，吼到整個脖子和耳朵都漲紅了。

海仁錯愕地收起了笑容，原本在一旁打趣地看著兩人鬥嘴的恩芝和筱蘭表情也都僵住了。

多允屈膝坐在地上，將整張臉埋進雙腿膝蓋之間，肩膀開始上下抖動著。

「欸，妳哭成這樣，搞得我很抱歉耶。」海仁帶著一臉尷尬、抱歉又有點不耐煩的表情緩緩靠近多允，伸出手臂摟住了多允的肩膀。

多允緩緩抬起頭，早已淚流滿面，恩芝則默默從擺在桌上的面紙盒裡抽了兩張衛生紙遞給了多允。

多允將衛生紙對折，摀在鼻子上用力擤了一次鼻涕，接著隨手往地板一扔，向海仁說道：「妳怎麼用這種方式道歉啊？所以是我的問題，不是妳的問題嘍？妳說那些有的沒的，就沒關係，反而是我不應該哭成這樣對吧？難道我應該要強顏歡笑，好讓妳不會感到抱歉對嗎？」

「妳一定要挑我語病嗎？唉、對不起啦，我向妳致上最深的歉意，可以了吧？」

多允欲言又止，再度哽咽啜泣。海仁似乎是有些疲累了，將摟住多允肩膀的手臂收回；恩芝再次安慰多允，筱蘭則是默默地看著她們。

多允又再擤了擤鼻涕。

多允家中有一名生病的妹妹，父母光是忙著照料妹妹就已經分身乏術。多允其實很渴望得到父母的關注和稱讚，也想為他們分憂解勞，所以整日埋頭讀書，不過最主要是因為在自己的房間裡實在無事可做，成績也就自然而然名列前茅。

但是儘管多允的成績再好，也不會因此而得到父母的關注和稱讚，妹妹的身體更不會因為姊姊的成績好而好轉，甚至是康復。於是，她只好藉由交男朋友來填補內心的空虛，交往了一任，不久後就分手，很快地又進入下一段戀情，每一任平均交往時間都沒有超過一個月。不論是待人親切的恩芝還是愛嘟囔的海仁，抑或是淡然自若的筱蘭，她們都知道，她們也都明白，都能理解多允是孤單寂寞的。

「我和金尚赫是真的分手了，我只是單純不想和妳們分開而已，我們一起把新永鎮高中當作第一志願吧。」

「好啊，那就這麼說定了，在填志願之前，乾脆先來立血書好了！」海仁依然語帶玩笑地附和。

「妳是不是電影看太多啦？」

「要做就做個澈底啊！賭上各自最珍貴的東西好了，要是沒有信守承諾，就會失去一切。」

「果然是看電影看太多了。」

正當海仁和恩芝一搭一唱地開著玩笑時，多允的臉色也逐漸變得嚴肅。

「我可不是在跟妳們開玩笑喔。」

一陣黏呼呼的海風從敞開的窗外吹了進來。短短幾天內，不曉得是這群孩子已經習慣了，還是大海在不知不覺中起了變化，原本會讓她們想要急忙關緊門窗的海水臭腥味竟然離奇地消失了，幾乎聞不到任何異味。其實要是連那些開著刺眼白燈的捕撈魷魚船隻都不在，就真的是一個分不清是天空還是大海的漆黑夜晚，以及和那個夜晚一樣茫然無措的心靈。

不只是彼此的真心，就連自己的真心都難以保證。

陷入沉思的海仁突然開口回答道：「好吧，那我也填新永鎮高中好了，一起去讀那間學校吧！」

「我也要！」恩芝緊接著回答。

海仁偷瞄了恩芝一眼，嘆了一口安心的長氣。

因為功課好、因為家裡負擔得起、因為還想多讀點書……每個人都有各自的理由要繼續往高中邁進，唯有筱蘭不想煩惱其他事情，也不想做任何嘗試，想直升一般高中就讀。

筱蘭想上女校，她本來打算以永鎮女高、真理女高、永仁女高的順序填寫志願，雖然三間都是競爭率很高的學校，但她覺得無論如何一定都能考上其中一所，只要不是新永鎮高中就好。

她希望整個準備過程是認真投入的，然而，她不好意思說出口，畢竟全校功課最好的多允都說要放棄外語高中了，自己算得上哪根蔥，而且就連自己都很嫌棄的那種高中，多允真的會填新永鎮高中作為第一志願嗎？

「那妳呢？」筱蘭語帶懷疑地詢問多允。

「嗯？」

「妳先答應大家吧。真的會填新永鎮高中？」

「那當然嘍！我不是從一開始就提議一起讀新永鎮高中嗎？」

筱蘭想起了從其他三人身上感受到的安定感、溫暖感、滿足感、期待感，以及疏離感、不安感、空虛感和失望感。

她不喜歡和這群朋友分開，卻也不喜歡非要和她們綁在一起；一方面對於國中畢業後，這個團體就會解散感到如釋重負，另一方面卻又害怕變成孤單一人。

在新永鎮高中功課最好的多允，集學校和老師期待於一身的多允，筱蘭光是想到多允將來就讀知名大學、畢業後找到一份人人稱羨的工作，自己就倍感煎熬。

她變得想要和多允一起去讀新永鎮高中，她一點也不討厭多允、不嫉妒多允。隨著兒時一起打鬧玩樂的朋友相繼去到更好的地方之後，留在原地的筱蘭反而顯得沒有長進，等於是退步了。等到她環顧四周的時候也赫然發現，原來自己早就被其他人大大地甩在後頭，她再也不想體會那種失敗的滋味。

「那我也承諾會填新永鎮高中。」

四人約定好，會以新永鎮高中為第一志願。

她們沒有立下血書，而是一起在土裡埋了一個時空膠囊。

她們從線圈筆記本上撕下一張紙，寫上「四人將以新永鎮高中為第一志願」，並且依序簽名，接著將紙捲好，收進多允隨身攜帶的鐵製圓柱筆筒裡，用在廚房洗碗槽抽屜櫃裡找到的綠色膠帶牢牢封口。

海仁用分不清是提問還是責怪的口吻喃喃自語道：「多允幹嘛連出來旅行都要帶著鉛筆盒啊。」

別墅正在施工中，雜亂無章的庭院裡，散落著乾枯的樹葉和斷掉的樹枝，造景石的大小、高度也不一，只有一眼望去就能俯瞰海灘的石牆前方有著整齊排列的鐵冬青，以及被一盞從巷口處就能看見、特別高的路燈照射。

綠葉和殷紅果實宛如聖誕樹一般閃爍，她們決定把時空膠囊埋在那盞路燈下，因為她們認為在整理庭院的過程中一定會翻動泥土、重整石頭，應該只有那盞路燈會一直豎立在那裡。

四人再次確認恩芝的母親已經熟睡之後，躡手躡腳地從廚房裡拿了一根湯匙，往庭院走了出去。

她們開始挖土，土壤比想像中還要堅硬，沒有那麼容易挖掘。

正當所有人都在埋頭挖土之際，海仁卻突然唱起了校歌，多允和恩芝也自然地跟著唱。

「啊～啊～真理的殿堂，我們的新永鎮……」

多允雙手扶著肚子，笑倒在泥地上。

「我們到底在做什麼啊？為什麼要在大半夜出來挖土啊？要是被人看見，還以為我們神經病發作了。」

「啊、笑到流淚，怎麼辦，李海仁都是妳啦！幹嘛突然唱起校歌，妳明明就不喜歡這間學校。」

「妳們不是也有一起唱！」

海仁和恩芝也一屁股坐在泥地上，只剩下筱蘭強忍笑意繼續挖土。

其實也不是多好笑的事情，四個人卻笑得東倒西歪。

她們決定等一年六個月後，也就是高一暑假的時候重回此地，一起取出這個時空膠囊，換句話說，沒有信守承諾的人就無法參加高一暑假旅行回到這裡。對於當時的她們來說，這項決心比任何事情都還要可怕。

十六歲，二月的某個傍晚，那是她們出生以來最孤單、最痛苦、最沒來由地感到恐懼的夜晚，也是苦苦哀求父母長達了一個月，才終於實現的濟州島旅行。

孩子們賭上了最重要的旅行，卻還是無法完全拋開殘留在內心一隅的懷疑——不僅是對其他人，也是對自身的懷疑。

在天花板挑高的新永鎮高中禮堂內，即使是非常細小的聲音都會嗡嗡作響。

大部分新生都已經抵達就坐，家長席上的家長則是小貓兩、三隻，幾乎沒什麼人來參加。

筱蘭將臉埋在香氣全無的花束裡。

「筱蘭！」

這熟悉的嗓音。

筱蘭的心跳開始加快。

在此次開學典禮前，真的發生了好多事。

紅色的月亮高掛在公寓社區上，
雖然拉近鏡頭拍出來的照片一片模糊，
卻因碩大而顯得格外神祕，
原來這就是血月啊，
原來要等一陣子，月亮才會重拾原貌。

多允的故事

「金多允，老師想找妳聊聊。」

班導師神情凝重，多允像個做錯事的人一樣，頭低低的默默跟在老師身後。

京仁外語高中昨天才剛放榜，榜單上卻不見多允的名字，可想而知，班導師會有多扼腕，但這種事情又無法對多允嚴加苛責。

學生們各個充滿好奇，紛紛對多允投以異樣眼光。

坐在前排的同學轉身望向筱蘭，歪頭挑眉，一臉暗示她趕快把知道的內幕說出來的樣子。筱蘭受到驚嚇，連忙將身體向後。

「看我幹嘛？」

「多允到底是怎麼了？」

「我怎麼知道。」

「呿、妳們四個不是常常黏在一起嗎？竟然還有妳不知道的事情？」筱蘭隔壁座位的同學默默插了一句。

「不是吧？我看她們最近氣氛很僵欸，車筱蘭是不是和金尚赫分手了啊？」

「她們兩個根本就沒交往。」

筱蘭雖然說話語氣很淡定，但臉部早已漲紅，連忙低頭迴避。

這是多允第一次到學校輔導室。木製門牌中央寫著「輔導室」三個字，圓滾滾的字體略顯可愛，木牌邊緣則是環繞著手繪的青綠色樹莖與樹葉，還有鮮紅色的花朵。木牌下方張貼著一張公告，同樣用可愛字體寫著「輔導室大門永遠為你敞開」的字樣。

班導師和多允兩人相對而坐，中間隔著一張冰冷的鐵桌。班導師用大拇指連續按壓了幾下自動鉛筆的筆蓋，短短的筆芯反覆出現又縮回。

「老師現在不是在生氣。」

看來是生氣了。

「也不是要責罵妳。」

看來是很想責罵我。

「我只是有點好奇。」

看來要是不回答，就很難走出這間教室了。

「為什麼沒考上呢？」

明明是早已預料到的事情，眼淚卻還是忍不住掉了下來。多允自己也有點錯愕，連忙用手背拭去淚水。過去在學校已經哭過太多次，她不希望連家境情況也要被學校知道，被師長留下可憐的印象。

她緊咬下唇，努力去想其他事情，班導師目不轉睛地看著她，眼神中充滿著憐憫。

「果然是有什麼事，對吧？」

班導師想起了前年春天。國中第一堂英文課，老師為了幫學生們緩解緊張情緒，以迪士尼動畫歌曲作為教材上課。

不曉得是因為覺得害羞還是幼稚，班上每一位同學都緊閉雙唇，鴉雀無聲，只有一名同學映入老師眼簾，因為她用手打著節拍、很認真地跟著歌曲哼唱，後來還被老師點名上臺唱歌，並問了她的名字。

『我叫金多允。』

明明是個還帶有一點小學生氣質的孩子，講話卻有條不紊，一點也不會吞吞吐吐的，看在老師的眼裡自然是優秀無比。

原本以為只是個聰明伶俐的孩子，後來發現，原來她的功課也很好，然後也得知了她的家境狀況，於是就這樣一直默默關注著，直到國三那年才成了她的班導。

老師一直認為多允不僅擅長英文也喜歡英文，要是能讀外語高中，一定會很適合，然而，從現實面來看，要年幼的多允獨自準備特目高中入學考試，她一個人是不堪負荷的。

班導師其實還為多允舉辦過英文討論大會和英文作文比賽，並推薦多允參加青少年模擬聯合國大會，也請她擔任志工，向外國觀光客介紹古宮相關歷史，等於是在暗中幫助多允，讓她的備審資料更為豐富，甚至還和多允並肩而坐，看著同一臺筆電螢幕，和她一起填寫高中入學申請書，每週還有固定進行兩次模擬面試，可是多允最終竟然連面試都沒去參加。

「妳不可能落榜啊，我怎麼想都覺得奇怪，所以還特地去打聽了一下。妳當時是不想去面試嗎？」

多允搖頭。

「註冊費讓妳感到有壓力嗎？」

多允再次搖頭。

「我希望妳至少可以跟我說實話。」

多允從口袋裡掏出手機，點開簡訊，將手機緩緩推向班導師。

班導師將手機拉到自己面前，確認簡訊上所寫的內容，歪頭表示不解，再過一陣子，老師才發出「喔～」的聲音，嘴巴持續保持著「喔」的形狀，然後小心翼翼地問道。

「妹妹身體不舒服啊？」

多允只有用門牙不停撕咬著下唇死皮，沒有做出任何回應。

「這是妳妹妹的名字，對吧？」

「這不是我媽傳給我的。」

班導師滿臉疑惑，明明上、下文都是多允和母親一來一往所傳送的簡訊。

「這的確是我媽媽的手機號碼，但是不是她傳來的簡訊，我不曉得是誰傳給我的。」

面試前一天，多允本來就已經緊張到難以入眠，妹妹卻又咳嗽咳了一整晚，坦白說，她覺得妹妹的咳嗽聲好吵，這些咳嗽聲儼然已經變成了提醒她春天來臨、冬天來臨的信號，和手機鈴聲、提示音、對講機鈴聲是同一個概念。

多允過去也曾為妹妹急促的呼吸聲和無止盡的咳嗽聲感到憂心，還曾把手指放在已經熟睡的妹妹鼻孔下確認是否還有氣息，牽著她的手腕走路，只為了確認妹妹的脈搏還有跳動，深怕妹妹大哭會出事而從未和她較真過，只要妹妹的眉頭一皺，多允就會馬上讓步、接納或道歉。

妹妹出生前，多允和奶奶一起分別住上、下樓層，由於父母忙於工作，多允幾乎是奶奶一手帶大的。奶奶喜歡穿毛衣、吃麵食、聽西洋經典老歌、讀報紙，但她膝蓋不好，行動不是很方便。

多允上午在幼稚園，下午在奶奶家看電視、畫畫、摺紙。雖然她知道同學們每天都會去附近的公園玩那些遊樂設施，她卻從未向奶奶央求過去那裡玩耍。

直到某天，多允突然脫口而出了一句「我好孤單」，一名年僅五歲的小女孩竟然說自己好孤單，想要有個妹妹，後來父母之所以會生第二胎，純粹是因為多允說了這句話。

當多允得知母親的肚子裡有小嬰兒時，多允每天早晚都會主動去輕撫母親的肚皮，誠心祈求老天可以送她一位可愛的妹妹，每晚也會對著母親隆起的肚子唱歌、念童話故事給寶寶聽，還在媽媽的肚皮上寫下自己歪歪扭扭的名字——金、多、允，有時候也會寫成全多允、金夕允，不過最常寫成全夕允。

多允看著母親怕癢的樣子呵呵笑著，兩人無憂無慮地一起在地板上打滾、嘻笑。對於一起等待產假的到來以及妹妹出生的母女倆來說，那一個月，無疑是她們最幸福的時光。

細雨夾帶著細雪的聖誕節前夕，宛如上帝恩寵的妹妹多婷終於誕生了，就跟多允祈求的願望一樣，是個女嬰。但是隨著天氣緩緩入春，妹妹開始不停地咳嗽，甚至咳到呼吸困難，母親不得已只好辭掉工作，一家人也搬離了奶奶的住處，到多婷固定去的綜合醫院附近找一間房子。

多允很想要趕快和妹妹一起玩，每天早上都會幫妹妹用不同顏色的橡皮筋綁頭髮，用小湯匙餵她吃飯。母親用沾了水的手指捏著妹妹的鼻子幫她擤鼻涕，不分晝夜、全心全意地照顧妹妹一個人，多允也從未有過一絲埋怨，只是靜靜等待，但是多婷的身體卻遲遲不見好轉。

多允的心，就好像長年放在同一個位置上的書本，書背早已褪色泛黃。「為什麼都不稱讚我呢？」則成了一切開端。

多允國小一年級放寒假的時候，多婷開始出現轟隆轟隆的咳痰聲，母親連忙把剛響起炊飯完成通知的電鍋打開，盛了一碗飯泡進滾燙的湯裡，端到餐桌上叫多允趕快先吃，然後抱著妹妹走進了一年四季都開著暖氣和加濕機的臥房。

多允獨自一人坐在餐桌前，聽著房門後方傳來夾帶著厭煩的哭鬧聲，多允兩眼無神地望著眼前的湯飯，舀了一匙放入口中，結果因為太燙了，整個人像被電到一般瞬間跳了起來。

她連忙衝去打開冰箱，拿出冷水壺，卻搆不著層架上的水杯。多允的口腔宛如被灼傷般在燃燒著，情急之下，乾脆直接用嘴巴對著水壺口喝水，結果一不小心水倒太快，灑在她身上。

她當下急需要有人幫忙，但是很不巧地，妹妹又剛好開始咳嗽了，她沒辦法向母親求助。

多允穿著濕透的衣服重回餐桌，小心翼翼地一口、一口把湯飯吹涼再送入口中，吃完以後她將空碗和餐具收到洗碗槽裡，乖乖坐在餐桌椅上等待。

過了好一陣子，母親才將睡著的妹妹緩緩放下，汗流浹背地從房間裡走了出來。

多允看著母親的額頭上黏著一根髮絲，剛好戳到她的眼睛。

母親不發一語，默默地望著多允，多允則主動開口向母親搭話。

「媽，我不小心把水灑到衣服上了。」

「嗯。」

「湯太燙了，所以我去拿了冰水來喝。」

「嗯。」

多允還想要繼續說點什麼，可惜母親心不在焉，根本沒辦法繼續說下去，於是多允再度嘗試搭話。

「我本來想拿杯子喝水，但是因為一直搆不到，只好直接用嘴巴對著水壺喝，然後就不小心把衣服弄濕了。」

「什麼？妳用嘴巴直接對著水壺喝水？」

母親勃然大怒，她努力壓低嗓音，深怕好不容易睡著的妹妹被吵醒，但緊接著就劈哩啪啦地痛罵了多允一頓。

「再怎麼樣也不能直接對著嘴巴喝啊！這是全家人一起喝的水，怎麼能直接對著嘴喝？應該叫我幫妳拿杯子啊！怎麼都不先想清楚再做？趕快先去換衣服！」

母親從陽臺收下一件衛生衣遞給了多允，多允把內外顛倒的衛生衣重新翻好，晾到乾癟的衛生衣在翻動下飄散出灰白色的灰塵。

多允一穿上冰冷的衣服，身體就不自覺地打了個寒顫。多允獨自一人換衣服，將被水淋濕的衣服放在陽臺洗衣機前的洗衣籃裡，直到她重新回到原來的座位為止，母親一直都是用同樣的姿態，倚著牆壁、坐在那裡。

「我自己扣好扣子了，濕掉的衣服也放進洗衣籃了。」

「知道了。」

多允以為母親會誇獎她做得很棒。她意識到，原來不論自己多麼努力，也不可能得到母親的稱讚，她覺得自己比妹妹出生前還要孤單。

「我希望多婷可以趕快好起來，要是好不了，還不如從此消失不見。早知道就不要祈禱有個妹妹了。」

多允基於難過脫口而出了這句話，但是說完以後，又開始擔心起會被母親苛責。然而，母親不僅沒有責備她，甚至連動怒都沒有，不曉得母親是不是也有同樣的想法。

「是啊，久病床前無孝子。」隔了很久，母親才開口說道。

可是，媽，我不是多婷的孩子，妳也不是。妳是她的母親，可是也是我的母親。

京仁外語高中面試的當天早晨，母親揉著睡眼惺忪的眼睛在幫多允熨燙制服襯衫，餐桌上擺放著五穀雜糧飯、大醬湯和鑫鑫腸，多允從冰箱裡拿出裝在保鮮盒裡的小魚乾和泡菜，沒有盛盤，直接整盒放在餐桌上。

「媽，妳有吃早餐嗎？」

「我要先把這件燙好，昨天躺在多婷旁邊，結果不小心睡著，好險妳有洗校服襯衫，不然就要穿泛黃的襯衫去面試了。」

『看來您還有記得今天是我的面試日，不過，媽，面試是不能穿校服去的。』多允實在不忍心告訴母親她無法穿那件正在熨燙的襯衫去面試，只好默默用筷子夾著黏在碗上的米粒。

母親尷尬地笑著說：「抱歉，來不及做好吃的飯菜給妳吃，媽有買鯖魚，晚上加一些老泡菜做鯖魚燉泡菜給妳吃。」

「不會啦……」

尚未邁入不惑之年的母親闔上疲憊的雙眼。她夜晚要照顧臥病在床的小女兒，早上還要幫大女兒燙校服，沒空睡覺也沒空吃飯。然而，多允也年僅十六罷了。

「我們不能穿校服去面試，聽說就連走進面試場地前，每個人都會被要求穿上同一件外套，好讓面試官看不出妳是就讀哪一所國中的學生，這樣才不會有失公允。」

「啊，是喔。那妳應該先跟我說啊，我現在才想起來有這麼一回事。」

學期初的時候，班導師曾經請母親去學校進行家長面談，結果母親臨時改期改了兩次，一次是因為多婷住院，另一次則是因為母親自己身體不適。

其實當時看在多允眼裡，母親並沒有太嚴重的不舒服，心急如焚的人反而是班導師，母親則是一副無關緊要的樣子，認為最近已經不流行讀外語高中，要是不幸落榜，就去讀一所名不見經傳的高中不就好了。

「多允啊，妳想去讀京仁外語高中嗎？不是說外語高中都已經快要廢除了嗎？妳填永琳或永鎮女高不就好了。」

然而，母親和班導師面談完之後，反而改變了想法。班導師強調，等擴大了定期招生[2]，在功課好的學生之間，提升考試分數就變得至關重要，也要多留意和孩子一起上學的其他學生的程度。父母越是難以全力協助孩子應試的家庭，就越需要一間能夠幫助孩子縝密規劃、嚴格管控課業的高中，像多允這樣表現出色的學生，留在新永鎮區實在太可惜了。班導師甚至向母親百分之百保證，從撰寫申請書到面試準備，老師

2　定期招生：韓國高中考大學制度之一，分為定期招生與特別招生兩種，類似臺灣的指考與學測，目前的招生比約為30：70。

都願意全權負責。

「我們家應該再也不可能有這樣的機會了，只要妳能金榜題名，媽就別無所求。」

多允早就已經不記得母親上次對她的事情表現出如此高度關注是什麼時候了，她難掩心中悸動，同時也有點傷感，伴隨著這樣的心情，她完成了申請書，也即將準備面試。

校門口前的馬路被汽車擠得水洩不通，和多允年齡相仿的學生們一個接一個下車，大部分都是獨自走進校園，不過也有幾名學生是下了車之後，馬上找到朋友挽著手或手牽手一起走進學校。出人意外的是，大部分學生都神情開朗，也有可能是因為緊張和期待讓他們過於興奮，動作甚至看起來有些誇張與尷尬。

面試報到截止時間是八點三十分，要是現在走進去，可能八點過一些就能抵達等候區了吧？此時，多允口袋裡的手機卻發出了震動。

『多婷情況不妙，我們在上次那間急診室。』

是母親傳來的簡訊。

多婷一直都有定期到醫院做檢查，偶爾也會有突發狀況必須臨時送醫，嚴重的話會直接送去急診室。多允杵在原地，一直緊盯著手機螢幕上的簡訊內容，耳邊卻傳來一個熟悉的女子嗓音。

「女兒！女兒！」

多允抬起頭，環顧四周。一輛白色轎車的駕駛座伸出了一隻手臂，就連對車子一竅不通的多允都能夠一眼看出那是一輛年代久遠的車款，但是外觀被保養得非常好，乾淨明亮。

「小琳，加油喔！」

走在多允前方的女同學轉身朝白色轎車揮手。

她叫什麼名字呢？慧琳？美琳？有琳？曾幾何時，多允的母親也是以「小允」來親暱地稱呼自己的女兒的，但那已經是多年前的事了。

多允按下通話鍵，卻在母親接起電話前掛斷了電話，轉身往地鐵站的方向跑去。

她急忙通過驗票口，一抵達月臺便看見地鐵猶如滑行般緩慢地進站，列車門一打開，多允馬上就看見有空位可坐，但是多允並不想坐，一路站到快要抵達目的地了，才接到了母親的來電。

『妳剛才打給我嗎？到了嗎？還沒開始面試吧？』

「妳們在哪裡？」

『還能在哪裡，當然在家啊，怎麼啦？』

「多婷呢？」

『去學校了啊，怎麼了？有什麼事嗎？』

「妳剛才不是有傳簡訊給我。」

『簡訊？什麼簡訊？』

「簡訊啊，妳剛才，沒傳簡訊給我嗎？」

『妳這孩子在說什麼呢？多允啊，有什麼事嗎？』

「沒……沒什麼，我等等再打給妳。」

八點五十分，重返學校應該也已經九點三十分左右了，等候區的門應該已經關閉，面試也早已如火如荼地進行。

多允在下一站下車，走到開往反方向的地鐵月臺，趕往面試現場。但她最後並沒有選擇下車，而是一直坐到了終點站，接著走出車站，坐在儂特利[3]裡面發呆，過了好一會兒才又搭地鐵返家。

多婷坐在餐桌前看書，母親則在一旁為女兒剝橘子皮，就連包覆著果肉的透明薄皮也不放過，仔細地一一剝除，將毫不帶皮的果肉送進多婷的嘴巴裡，多婷的雙眼則是固定在書本上，飯來張口，茶來伸手。

母親問多允面試是否順利，多允只有簡短的回答一句「不順利」，便沉默不語。母親不停偷瞄著進出浴室的多允，眼神中充滿著疑問和好奇，但是母親始終沒有主動詢問女兒任何問題。

多允連晚餐也沒吃就躲進了房間，久違的拿出了去年萬聖節恩芝送給她的著色書。

十月的最後一天，恩芝、筱蘭、海仁和多允在前往各自的補習班之前，曾經在校門口對面的便利商店戶外坐椅區碰過面。當時兩名臉頰上畫著骷髏頭的小男孩正巧經過，緊接著，一群頭戴尖帽、身披黑色斗篷、頭戴紅色惡魔角髮箍的小朋友們，一窩蜂地從便利商店裡走了出來。

多允望著這群孩子們好一會兒，開口說道：「原來今天是萬聖節啊，國小時，每

3 儂特利：全球知名連鎖速食店，在臺灣主要販賣漢堡、炸雞套餐。

到萬聖節總是玩得非常開心。」

比起聖誕節，多允反而對萬聖節有更多回憶。畢竟聖誕節是國定假日，根本見不到朋友，更何況，自從不再相信世界上有聖誕老公公以後，這個節日也變得不再有趣，但是萬聖節就不一樣了。英文補習班會舉辦派對，讀幼稚園的時候還會和老師一起到附近店家要糖果，國小時則是用單字考試累積的點數買一些文具用品或小零食，還可以買老師們親手做的辣炒年糕，甚至還能排隊體驗臉部彩繪。

「Trick or treat？」恩芝突然向海仁問道。

「瘋子。」

海仁想假裝視而不見。此時，多允提議乾脆四人一起辦個萬聖節活動，恩芝則提出了交換爛禮物的點子。

一週後，多允送海仁男性四角內褲作為禮物，並得到了變態的回應。海仁則是送了一卷小朋友英文學習卡式錄音帶給筱蘭，還補充說明其實裡面的內容並不是英文，放了之後一定會大吃一驚，於是筱蘭上網瘋狂搜尋能夠播放卡式錄音帶的地方。

當筱蘭拿出要送給恩芝的禮物時——BTS的Tmoney卡——海仁便放聲大叫，不停跳躍著，央求著想要和恩芝交換禮物，這禮物對於恩芝來說雖然一無是處，但對海仁來說卻是夢寐以求的東西，所以她們不允許擅自交換禮物，尤其是多允強烈反對私下交換禮物。

「李海仁！妳不是對任何事情都不太感興趣嗎，怎麼會如此熱衷這輩子都不可能見到面的明星？」多允向海仁問道。

「就是因為一輩子都不可能見到面，才不會糾纏不清，多棒啊！」

「要是能把一半的心力花在我們身上該有多好。」

「不要，太糾纏了。」

「真是荒謬。」

那天，恩芝送了一本著色書給多允。雖然大家紛紛揶揄這東西哪是爛禮物、不符合活動宗旨，但是多允表示自己根本對畫畫不感興趣，所以還是收下這個爛禮物了。

她用粉紅色、紅色、黃色來替同時有著雄蕊和雌蕊的盛開花朵著色，在花瓣上加入陰影以增添立體感，最後還用她珍貴的金色色鉛筆在雌蕊頂部點綴，結果一不小心把筆芯弄斷了。

明明也沒有把色鉛筆削得特別長，點綴時也沒有特別用力，卻莫名其妙折斷了。

有時候，有些事，也並非因為不注意或太輕率而搞砸，人們通常會用「倒楣」來形容這種情形。

多允和班導師一起到輔導室裡促膝長談，直到第一堂課開始後才默默從教室後門溜進教室，走回座位，同學們紛紛用好奇的眼神偷瞄多允。

多允的隔壁同學小聲問「怎麼了？」可是多允只有搖搖頭，沒有多作回應。

隔著一條狹窄走道，就坐在多允隔壁排座位的筱蘭則是目不轉睛地盯著前方講臺上的老師。

下課鐘聲響起，幾名同學紛紛聚集到多允身旁，筱蘭脫掉了身上的帽T外套蓋住頭部，整個人趴在書桌上。由於兩隻手臂向上，墊在額頭下面，導致襯衫衣角從體育褲的褲腰裡稍微露了出來。

一名男同學偏要從筱蘭的坐位後方經過，於是用腳踢了踢筱蘭的椅子，筱蘭保持著上半身趴在桌上的姿勢，只有用腳部和臀部使力，將椅子往前挪了一下。

那個男同學用非常緩慢的速度經過筱蘭的椅子後方，並發出了竊笑聲，筱蘭這時才發現男同學的不懷好意，奮而將椅子向後推，瞬間站起身，那個男同學被夾在筱蘭的椅子和後方同學的書桌中間，整個人瞬間被推倒在地，翻倒的桌椅也發出了「嘩啦」巨響，但他還是對著筱蘭竊笑。

「他媽的，煩死了。」

筱蘭一把將帽T外套扔在男同學的臉上，便憤而離開教室。

男同學將鼻子湊到筱蘭的外套上嗅著氣味，尚赫大步走來，一把伸手將外套奪走並放回筱蘭的桌上，再補踹了男同學一腳。

「自己拿捏好分寸啊，死變態。」

明明一旁就在鬧事，多允卻很顯然地在刻意迴避視線，連看都不看一眼，甚至還有些尷尬。她靜靜地注視著前方某處，同學們紛紛察覺到多允和筱蘭之間一定有什麼問題，可能連尚赫也有發現。

尚赫是多允最後一任男友，國三開學前分手的，兩人交往了五個月左右，是多允在一起最久的對象。但他們是國一交往兩個月分手，直到國二下才又舊情復燃，所以中間夾著一段漫長的寒假，實際交往天數頂多只有兩個月加一個多月而已。

國一那年開口提議交往的人是尚赫，分手後，他看著多允頻繁換男友，便鎖定女方空窗期趁虛而入，提議復合，不過最終還是被多允給甩了。多允只講到「我們也該準備上高中……」尚赫就用一臉放棄的表情揮揮手說：「好吧，算了。」

『要是妳回心轉意，又想交男朋友了，記得聯絡我。』

在大部分同學都是彎腰駝背、半趴半躺在書桌上的教室之中，多允的坐姿總是抬頭挺胸，是最醒目的學生。她個性活潑開朗，但隱約能從她散發出來的自信中感受到謹慎和猶豫。當然，多允之所以會成為新永鎮國中最多戀愛經驗的紀錄保持人，絕對不光是靠著這種好感與反差的魅力，而是因為她很容易接受男同學的告白。

在她剛上國中的時候，就交了第一任男朋友，對方是坐在隔壁走道旁的男同學。這名男同學在老師已經走進教室以後才急忙準備上課，於是便不小心把課本掉在了走道上，鉛筆盒也掉到他的書桌下。

多允見狀，幫忙撿起了他的課本放在男同學的書桌上，男同學不停地偷瞄多允，尋找道謝的機會，但是當他正巧和多允四目相交時，反而緊張得什麼話也說不出口。

後來這名男同學也沒有專心聽課，只顧著偷看多允，於是多允小聲地對他說：「看前面啦。」

被多允深深吸引的男同學後來有找機會向她正式表白，多允也爽快接受了對方。她很享受有個人會在放學時等她、有個人可以在補習時互傳訊息、有個人會想念她、想和她牽手，但是這樣的感情只維持不到一個月，就逐漸變得疲倦，甚至有些厭煩，於是兩人決定分手，又有另一名男同學趁機向她表白，然後多允又爽快地答應對方，就這樣反覆上演同樣的戲碼。

筱蘭和多允是在國二那年成為同班同學的。某次下課時間，筱蘭整個人向後，用接近仰躺的姿勢坐在教室椅子上滑著手機，偶爾不時也會抬起頭看看窗外，觀看班上嬉鬧喧嘩的同學。

前座的多允和其男友正好在含情脈脈地看著彼此，十指緊扣，筱蘭帶著一種看好戲的心態看著他們兩個，暗自猜想這段關係又能維持多久，但是就在此時，兩人居然在她面前直接嘴對嘴親了下去。

在新永鎮國中，每個孩子都很愛玩，不會去分誰是談戀愛的、化妝的、抽菸的、蹺課的、功課好的、擔任班級幹部的，孩子們都是既會談戀愛，又會讀書，就算擔任班級幹部也會抽菸，甚至常蹺課的同學成績也很好。

大人們老是喜歡將這些孩子們貼上標籤做區分，但孩子們並不會如此簡單地被區分開來。儘管筱蘭心知肚明這番道理，可還是對於親眼目睹多允和她男友突如其來的舉動感到驚愕不已。

此時，筱蘭的隔壁同學忍不住說了一句。

「欸！你們夠了喔！要親回家去親！」

多允回頭送了這位同學一抹微笑。

「抱歉，我們沒有房子。」

隔壁同學發出了荒謬又無奈的短嘆，喃喃自語。

「金多允實在太可惜，每次都覺得好可惜。」

筱蘭回想起多允的歷任男友，其實真正想起的人不多，清一色都是一些沒什麼存在感、印象模糊、毫無魅力的同學，唯一不錯的只有尚赫。

尚赫不開黃腔、老實排隊、筆筒裡也總是裝著要用的文具用品、穿著整潔、書包邊角和室內鞋的鞋頭都潔淨無瑕，多允也說過，尚赫每次上完廁所都會用香皂把手洗乾淨。

「妳怎麼知道？」恩芝鬼鬼祟祟地笑著問道，多允則是用清純無辜的眼神回答。

「因為他的手上都會有香皂的味道。」接著還更換坐姿補充道，「我對男生還算了解，會散發香皂味的男生應該都不錯喔！我可是第一次遇過有男生會用肥皂洗手的，因為光是會洗手這件事就已經很稀奇了。」

「這有什麼稀奇的？不是理所當然的事嗎？真是的，妳果然眼光低，會洗手有什麼大不了。」海仁邊搖頭邊回應。

筱蘭暗自心想，其實尚赫的確不錯。筱蘭和尚赫是國小六年級的同班同學，當時尚赫也有著現在的所有優點，隨著年齡漸長，感覺尚赫的優點也變得更加凸顯，但是筱蘭對他的印象頂多如此而已。然而，學校裡似乎開始謠傳筱蘭喜歡尚赫的消息。

剛開始耳聞這項傳言時，筱蘭只有嗤之以鼻：「我喜歡尚赫？那還不如喜歡多允，果然大家都很有偏見。」

但是謠言並沒有止於智者，筱蘭的確喜歡尚赫，但是這份喜歡與愛慕對方的那種情愫，真的一樣嗎？

多允的母親強調自己沒有傳簡訊，多允卻接到了來自母親的簡訊。

多婷睡著的傍晚，即溶咖啡和穀物茶、零零散散的小包裝零食、多婷的藥物、各種營養食品等統統放在一處，顯得四人餐桌格外擁擠。

睡不著的三人齊聚在餐桌前，多允獨自坐在父母對面，有一種準備要被訓話的感覺。母親去倒了一杯白開水，端來放在餐桌上，改坐在多允身旁。

「多允爸爸，你在外面是不是有和誰結怨？」

「的確結了不少怨。」

「你是在開玩笑的吧？」

「不是，我沒開玩笑。」

母親一口氣喝下整杯冰開水。

「我已經向電信公司和警察打聽過了，就先說結論吧。我們要正式向警方報案，才能展開調查和諮詢。」

發送簡訊時，刪除或更改傳送者電話號碼的功能早在很久以前就無法執行了，這已經不是單純的改號碼惡作劇，而是有人盜用母親的個資，屬於嚴重犯罪，所以母親反而難以抉擇到底該不該報案。

「從頭到尾只有那一則簡訊，沒有勒索金錢也沒有恐嚇威脅，除了多允以外，也沒有人接到相關電話和簡訊。所以表示對方是清楚知道我們的電話號碼、家庭狀況，多允有遞交申請書，甚至知道多允是哪一天面試……」

情緒激動的母親說話變得越來越快，嗓門也越來越大聲，但是話才說到一半，就像被剪刀硬生生剪斷般，突然打住了。多允似乎能猜到，母親未說完的那些話會是哪些內容。

父親問多允：「妳有懷疑的對象嗎？最近有沒有和同學吵架？」

多允搖搖頭。

「多允，上次不是有一名男同學來過我們家嗎？啊、算了，沒事。」

母親終究還是沒有把話說完。

多允咬著嘴唇，沉思了一會兒開口說道：「爸，假如抓到凶手以後，發現的確是我認識的人或同班同學，那國中生也會被判刑嗎？」

「應該只有十四歲以下不追究刑事責任，妳現在已經滿十五了吧？」

「那是不是也無法順利升上高中？」

「應該不至於，但警察還是會展開調查，學校也可能會做出處分。」

「可是我有點害怕，說不定是自己認識的同學，過去我在學校所做的一切也很可能會被對方全部抖出來。即使最後查出誰是始作俑者，我也已經喪失面試的機會了。」

父親反覆握拳，緊咬下唇，那是他在忍耐菸癮時會出現的舉動，多允也一直撕咬著嘴唇上的死皮。

那是個煎熬又漫長的夜晚。

經過一番思考和嘆息之後，一家人最終決定息事寧人，要是再發生這種情形，不論是誰接到電話、收到訊息，都會直接報警處理，母親也藉此機會更換了手機電話號碼。

學校其實也束手無策，班導師同樣認為一定是多允身邊的人或同學，也就是新永鎮國中的學生所為，因此也處理得更加小心謹慎。最重要的是，既然當事人都已經選擇息事寧人了，那老師也就難以挺身而出。

雖然這起事件已經告一段落，消息卻在校內迅速蔓延。同學們紛紛對筱蘭投以懷疑的眼光，每天和多允一起行動的四人幫之一，四人當中功課最差、最安靜的那個女生，不高不矮的身高、毫無特色的長相、平凡無奇的背景，所以不被任何人注意的那個女生。

不過，聽說她好像喜歡尚赫？

筱蘭的故事

國中開學典禮的早晨，筱蘭反鎖房門，獨自哭泣。

母親敲過許多次房門，安慰她、罵她，卻都於事無補。父親其實可以直接去拿鑰匙來開門，但還是強忍情緒，盡量用平和的語氣站在房門外向女兒喊話。

「爸媽今天特地請假，就是為了去參加妳的開學典禮，妳先出來吧，出來跟我們好好坐下來聊。繼續這樣我就只能去拿鑰匙開門嘍！」

面對妹妹的叛逆和父親的怒火，哥哥東柱依舊一副事不關己的態度，一大早就在暴飲暴食。

東柱吃到一半，突然插了一句嘴：「爸，我敢保證，你要是現在去開門，父女關係也就會從此決裂。」

直到出門前一刻，東柱都還在狂塞食物進嘴巴裡。他連忙把腳套進運動鞋裡，後腳跟都還未穿好，就急匆匆地走出了家門。

父親嘗試轉動筱蘭的房間門把，發現依然鎖著，只好默默回到客廳，坐在沙發上。母親靠了過去，坐在父親身旁，悄悄地問：「你打算怎辦？」

兩人使了個眼色，朝筱蘭的房間喊道。

「筱蘭！爸媽要去看電影，妳想去嗎？」

不一會兒，筱蘭的房門打開了，筱蘭低頭不語，穿過客廳，走進廁所。

廁所裡傳來蓮蓬頭撒水的聲音，過不久，就看見筱蘭的頭頂上包著毛巾，走出廁所，站到父母面前。

「我會去參加開學典禮。」

然後又小聲地補了一句。

「對不起，我不該耍任性。」

母親「噗哧」一笑了。

「快去吹乾頭髮、穿衣服，小心別著涼了。媽媽先去加熱麵包，一人一塊，邊走邊吃吧。」

筱蘭國小時就經常有同學轉學到多蘭洞，每當有同學轉走時，她都會依依不捨，卻也能很快適應。然而，畢業典禮上竟然連個可以合照的好朋友都沒有，這就另當別論了。獨自被遺棄的那種感覺，她猜想，開學典禮時應該又會有這種感受。

筱蘭的父母站在開學典禮會場的告示牌前，由筱蘭為他們拍了一張照片留作紀念，反觀筱蘭身為開學當事人，卻以眼睛哭腫為由，自始至終堅持不肯拍照。

筱蘭是在幼稚園裡待最晚才被家長接走的兩名小朋友之一，每到傍晚七點十分，就會和另一名小朋友穿好衣服、背好書包在一樓玄關前的小草班教室裡，聽值班老師念繪本故事給她們聽。

一名小朋友的頭髮已經有一大半散落在橡皮筋外，上衣領口和襪子邊都沾著米粒，衣袖也被簽字筆和蠟筆塗得亂七八糟；另一名小朋友則是彷彿一整天沒吃、沒玩也沒睡似的，從衣服、髮型到表情，都整潔如初。

每晚倉皇跑來接小孩的兩位母親總是對彼此的小孩感到十分神奇，全身搞得亂七八糟的孩子是筱蘭，整潔無瑕的孩子則是智雅。

兩名小朋友都害怕最後只剩下自己一個人，所以相處得不是很融洽。有時候會一把抓住晚到的母親的頭髮，鬼哭神號，有時候也會對著先離開教室的同學後腦杓一巴掌拍下去。

某天，筱蘭的母親在向老師鞠躬道別，一抬頭，智雅就映入眼簾，她正襟危坐，拿著顛倒的繪本專心閱讀。

「我們要不要等一下那位同學，和她一起放學回家呢？」

筱蘭抬頭望著母親，表情略顯訝異，於是默默走回智雅身旁坐了下來。兩個孩子頭靠頭，專心地看著顛倒的繪本故事書，自此之後，筱蘭和智雅就變得會互相等到彼此的母親都抵達為止，才一同牽手走出幼稚園。

兩人後來就讀同一所國小、同一間補習班，也經常吵得不可開交。筱蘭凡事都會被人拿來和智雅做比較，所以越看智雅越討厭，每次智雅也都會說自己沒溫習功課，考試成績卻名列前茅，筱蘭總有一種自己被欺騙的感覺，兩人互相傷害，也一起撫平傷痛，一同成長。

國小五年級寒假，兩人在同一棟大樓裡的同一間數學、英文補習班補習，一天連上四個小時的課程。當時補習班的進度早已教到國一下接近尾聲的程度，由於學校放假期間父母也要照常上班，孩子們不可能整天待在家裡，所以只好送去補習，結果轉眼間，進度就變得一路超前。

課堂上，筱蘭有大概百分之五十聽不懂，百分之二十五在做白日夢，只有剩下的百分之二十五左右是有聽懂的。她對於自己要聽那些根本聽不懂的內容好幾個小時而感到十分疲憊。

筱蘭一坐上接駁車，就把頭靠在窗上闔起眼睛。

公車晃呀晃地行駛了許久，智雅一直默默坐在筱蘭身旁。

當筱蘭睜開眼睛時，公車剛經過智雅居住的公寓社區。

「已經離開妳家了，怎麼辦？」

「還是乾脆去妳家附近買冰淇淋吃，玩一下下再回家？」

「妳不冷嗎？」

「那改吃辣炒年糕？」

「不，還是吃冰淇淋吧。」

當她們幾乎快要把冰淇淋吃完時，智雅用湯匙來回劃著玻璃杯底說道。

「我要準備搬家了。」

智雅低著頭，視線沒有離開玻璃杯。筱蘭也用湯匙來回劃著玻璃杯底，一下把湯匙泡進融化的冰淇淋裡，一下再拿出來讓冰淇淋沿著湯匙流下，不停重複這個動作。

「什麼時候？」

「春假的時候。」

「也會轉學嗎？」

「嗯。」

智雅長嘆了一口氣。

「不過補習班還是會繼續去上，妳也不要換補習班喔！」

補習班在多蘭洞，看來智雅也是要搬去多蘭洞生活。平時在補習班上課的前後時間，兩人都會一起去吃辣炒年糕、在便利商店吃泡麵和三角飯糰，偶爾也會去公園玩盪鞦韆，但都是在新永鎮做這些事。

過去一直都是過著搭接駁車去補習班上課，然後再搭接駁車回新永鎮的生活。所以從車窗看出去的街景、補習班窗外的建築物，就是筱蘭所認識的多蘭洞全貌，猶如電視裡出現的畫面或裱在相框裡的風景照，而曾經和筱蘭四目相交、手牽手、一起玩耍、無話不談、甚至爭吵不休的朋友們，則一個接一個相繼走進了那幅風景照裡。

「我和我媽爭執了很久，我堅持不想搬家，也不想轉學，甚至氣到一整個月都沒和她說話。但聽她說新家已經找好了，轉學手續也都辦好了，我實在是沒有辦法。」

筱蘭不發一語，靜靜聆聽。智雅語帶哽咽，筱蘭也很想哭，但還是強忍淚水。

以後關係就不會這麼緊密了吧，畢竟再也無法一起上學、一起搭接駁車、一起吃點心零食……就算讀同一間補習班，互動也不會變得像往常一樣熱絡。

此時，智雅正好看到母親來電，她接起電話，告訴母親已經下課，正在和筱蘭一起吃冰淇淋，會先去個地方再回家。母親似乎是在電話另一頭有追問她要去哪裡、去多久，智雅不耐煩地回答：「妳不用問那麼多，很快就會回去了。」

筱蘭暗自心想，智雅應該是還有其他事情。

兩人從冰淇淋店出來時，天上開始下起白雪，雪花宛如小動物的毛髮般細柔，隨風四處搖擺。筱蘭戴起外套上的帽子，智雅則是眼眶泛紅地嘻嘻笑著，連忙和筱蘭一樣把外套帽子戴上。

智雅牽起筱蘭的右手，十指緊扣，開口提議。

「陪我去一個地方。」

筱蘭默默跟著智雅，她們經過公寓社區，跨越大馬路、街邊公園，再走進那個地方最老舊的公寓大門，途中從天而降的雪片也變得又大又厚。

筱蘭似乎知道智雅拉著她要前往的目的地。

兒童夢想茁壯之地，大愛幼稚園。

當兩人一站到招牌底下的時候，筱蘭再也忍不住，眼淚瞬間潰堤。智雅則是蹲坐在地，把臉埋在雙膝之間嚎啕大哭。

過了一會兒，智雅好不容易撫平心情，開口問道：「還記得這裡嗎？」

「其實我也不太記得。」筱蘭搖了搖頭。

原本印象中是一條很陡的下坡，但是五年後再來走，卻已近乎平地。鵝毛般的大雪降落在兩個孩子的頭頂、肩膀以及書包上。

筱蘭的眼前呈現著從未見過的光景，太陽已被吸入了大地，暗紅色的黃昏慵懶地留在低空中，兩名短腿小朋友在這片夜幕低垂的天空下行走。

緊緊牽著的小手，好在有妳。

筱蘭拜託父母搬去首爾，不，更準確地說，是搬去首爾的多蘭洞居住。其實自從哥哥東柱升上國中之後，這個問題就困擾了母親很長一段時間。在這之前，筱蘭的母親並不理解為什麼左鄰右舍都要紛紛搬離新永鎮，入住升學率高、補習班林立的地區，她認為不論住哪裡，孩子的學習成果還是看個人造化，但是她發現東柱書讀得越來越吃力，明明到國小為止都很會讀書，但是自從上了國中以後，反而跟不上老師的進度。

「到底是你的程度太差，還是課本編得太難？」

東柱解釋不全然是自己的問題，因為在班上真正會雙眼緊盯老師專心聽課——不論大腦理解或不理解——的學生根本一半都不到，母親聽了，備受打擊。

「那其他沒在聽課的同學都在做什麼事情？」

「不是趴在桌子上睡覺，就是偷寫補習班作業，大部分則是望著窗外發呆。」

「老師也不會罵那些學生嗎？」

「只要不是上課吵鬧、明目張膽地看其他書或吃零食，基本上老師不會生氣，畢竟發呆又不會妨礙到老師上課，這種事情有需要被罵嗎？」

「學生上課不專心聽課，難道不需要被罵？」

東柱歪著頭，無法理解母親的想法。

隔天，母親向一名公司同事——居住在多蘭洞、育有兩名和東柱年齡相仿的女兒——提及了東柱在學校求學的情形，對方將剩餘的咖啡一飲而盡，脫口而出準備已久的建言。

「妳知道大家對那些在補習班接受提前教育的孩子們抱持的最大偏見是什麼嗎？

就是會認為他們上課不專心。可是妳要想，那些沒有事先補習的孩子，上課時就真的會『哇！好想學方程式喔，好想學函數喔！』這樣嗎？當然不會。其實讀書就是一種習慣、一種態度，一旦養成了習慣，不論是在補習班還是在學校，都會認真聽課、認真寫題目，該背什麼背什麼。」

這名同事還強調關於在學校的學習氣氛這件事情有多重要，甚至舉了許多實例來說明學校和老師的力量、熱情、經驗，對於學生的成績表現會帶來多大的影響。

那天傍晚，母親徹夜難眠。既然難以幫東柱轉學，不如換一家補習班。東柱人生第一次體驗到了熬夜苦讀，臨時抱佛腳，終於好不容易通過測驗，再順利擠進多蘭洞補習班的過程。後來，就連成天嚷嚷著為什麼只有哥哥可以去比較好的補習班的筱蘭，和只要是朋友在做的事情就一定要跟著做的智雅，也都換去了多蘭洞的補習班。

自此之後，孩子們每天都會有一小時是在補習班的接駁車上度過。開始在多蘭洞補習之後，筱蘭每到傍晚九點就會打瞌睡，甚至有好多天還沒等到父親下班回來就已睡著。兄妹倆的補習班費用整整多了兩倍，成績卻絲毫不見起色。

如果搬去多蘭洞生活，孩子們的成績會進步嗎？還是讓他們回去原本的補習班，會不會比較好呢？在母親懊悔不已的期間，東柱已經長成寂寞無助的高中生，筱蘭則成了不停央求父母搬去多蘭洞生活的小六生。

「只要趁十月之前搬過去就可以了，但要注意，不是多蘭洞隨便一個地方喔，是要搬到屬於多蘭國中學區的第一社區或第二社區，這樣才能和智雅讀同一所國中。」

那就要先把現在住的房子租出去，然後去看多蘭洞的房子，到時候一定會需要向銀行貸款，所以還要比較各家銀行的貸款利率，也要挑搬家公司和裝潢業者等，要進行各項簽約事宜，還要幫筱蘭完成轉學相關手續……母親實在難以將如此繁瑣的過程像筱蘭一樣用「搬家」兩個字簡單帶過。

「妳之前不是還和智雅吵架、賭氣、大哭，還放話再也不和她玩，叫我把妳轉去其他補習班，結果現在怎麼又吵著要和她上同一所國中？」

「就是因為很要好，所以才會吵架啊！媽，妳該不會沒什麼好朋友，所以不懂？」

母親經過一番思考之後，決定把房子交給社區房仲業者代為銷售。但是隨著春暖花開又凋落，夏天街道綠樹成蔭，筱蘭他們家也依舊沒有成功賣出。

筱蘭在新的班級裡認識了新朋友，每到早晨就會動作熟稔地準備出門去上學，放學後則是自行找零食來果腹，準時去補習班上課，回到家以後也主動將作業寫完、打電動，等父母下班。

她維持著平均身高和體重，過著安然無恙的日子，但是感覺家人的心情比較浮躁，因為自從把房子刊登出售之後，在新永鎮的生活就變成是暫時的、倒數的。

等學校第二學期開始之後，母親宣布放棄搬家。她嘗試說服筱蘭，只要像現在這樣和智雅上同一間補習班，還是能繼續維持友情。

「房子一直賣不出去，最近又景氣不好、房市低迷，不論距離首爾多近，終究也不屬於首爾，所以這一帶的房子都很難賣出去。」

「那智雅是如何搬走的？房子都賣不出去，那智雅他們家是怎麼賣出去的？」

「智雅他們家在多蘭洞本來就有房子，這裡的房子就以全租的方式出租出去，然後一家人搬去多蘭洞，但聽說至今也沒人要來租這裡的房子。唉，說再多妳也不懂啦！妳倒是無憂無慮，可以任性地吵著要搬去和朋友住同一區。」

原本靜靜聆聽的筱蘭突然冷冷地回了一句。

「我才不是無憂無慮，我也不想要任性，但是除了用這種方法，我想不到自己還能怎麼做。」

話一說完，筱蘭就走回自己的房間。

最終，筱蘭一家人確定放棄搬家和轉學，只有把家中的老舊廁所做了翻修。

雖然不住在同一個地區了，但是筱蘭依舊和智雅上同一間補習班，週末也經常見面，在新永鎮地下街買衣服、看電影。兩人說好要去看一部科幻電影續集——首集是她們兩人第一次一起觀賞的電影——其實她們對於普遍級電影一點興趣都沒有，也早就忘記首集內容，但是她們想要以幼稚來盡情嘲笑那部電影。

智雅說，星期六下午有家庭聚會，所以訂了那天的早場票，然後兩人提早碰面，先吃了漢堡當早餐。

智雅一副很習慣的樣子喝著套餐裡的咖啡，筱蘭則對於這樣的智雅感到有些陌生。

「妳喝咖啡？」

「因為太睏了。」

『是喔。』某種類似恍然大悟的東西從天而降，直接竄進筱蘭的腦門裡。

由於筱蘭母親經常把「小朋友喝咖啡會睡不著」這句話掛在嘴邊，所以筱蘭還以為自己是屬於不可以喝咖啡的年紀。如果喝了咖啡以後會睡不著，那麼，就在需要熬夜而且不允許睡覺時喝咖啡不就好了？眼前的智雅顯得格外成熟，並不是因為她在喝咖啡，而是因為她可以自己決定吃什麼、喝什麼等諸如此類的瑣事。

儘管喝了咖啡，智雅還是從電影正式播放前的廣告片段就開始頻頻打哈欠，這讓筱蘭心裡有點不是滋味。

電影終於開始了，幾年過去了，主角也長大了，變得十分帥氣，筱蘭將身體朝智雅的方向靠了過去，用手稍微遮住嘴巴，壓低音量地說道。

「有沒有覺得他變帥了？」

智雅沒有回答，連眼睛都沒眨一下，整個人像是靈魂被吸走了一樣，雙眼緊盯著前方大銀幕，看來是覺得電影很精采。

真的有這麼精彩嗎？不，應該說，這部電影有精彩到完全聽不見我說話嗎？彷彿有一顆小石子進到鞋子裡似的，筱蘭感覺內心某個角落宛如被人揉皺了一般，只能繼續不發一語地觀賞電影。不過，這時智雅卻說了一句「我去一下廁所」，便起身彎腰走出了影廳。

筱蘭在狹窄的座位上坐立難安，後來發現智雅好像離開了許久，遲遲沒有回來，於是從背包裡拿出了手機，打算傳個訊息給她。

手機上顯示的時間的確距離電影開始有一段時間了，筱蘭彎著腰離開座位，所幸那天影廳裡的人不多，一路暢行無阻地走出了影廳。

智雅為什麼還不回來呢？難道出了什麼事？還是早上吃的漢堡不乾淨？筱蘭的腦海裡浮現各種令人擔心的假設，但其實不全然是真心的。筱蘭認為智雅一定是有隱瞞自己什麼事情，卻又對於自己怎麼會有這種念頭感到痛苦不已，而且還是懷疑平日最要好的朋友智雅，這樣的事實讓她更加難受。

筱蘭沿著漆黑的階梯走下來，推開了沉重的影廳側門。不曉得是因為突然走到光線明亮的地方還是因為心情複雜的關係，筱蘭覺得視野突然變得很短，瞬間感到一陣暈眩。

筱蘭一手扶著牆壁，一邊調整呼吸，再抬頭觀察了一下四周。她看見智雅獨自一人坐在走廊底端的一張桌椅前。為什麼？到底為什麼會坐在那裡？

智雅正在埋頭寫字，筱蘭沒有特別放輕腳步，也沒有刻意放大動作，只是按照平時走路的身體擺動和步伐速度走向智雅。

筱蘭發現，原來智雅在寫習題。

「妳在做什麼？」

智雅受到驚嚇，桌上的習題本和書包散落一地，自動筆、原子筆、螢光筆、色鉛筆統統滾落地面。

筱蘭彎下腰，幫忙撿起弄掉的物品，此時，她身後傳來了智雅微小的嗓音——對不起。

原本一心幫忙撿東西的筱蘭，肩膀和手指都停頓了一下。

「妳也快來撿，這些都是妳的東西。」

智雅這時才離開椅子，一起撿掉到地上的文具用品和習題本，一一放進書包裡。整理完之後，智雅和筱蘭兩人略顯尷尬地面對面站著。

智雅打開手機畫面確認了一下時間，筱蘭對於智雅這樣的舉動感到失望，甚至有點厭惡，但她還是盡可能保持冷靜。

「妳剛才在做什麼？」

智雅低頭不語，筱蘭則是提高了嗓音。

「妳如果忙的話就直接跟我說下次再看電影啊！」

智雅用鼻子哼了一聲，無奈地笑了。

「筱蘭，就算是下次，我也一樣很忙……」

筱蘭不太能理解智雅說這句話的意思，她無法再對智雅發脾氣，也難以平復心情，處在一種左右兩難的尷尬窘境，不知該如何是好地杵在原地。

智雅從筱蘭的肩膀上摘掉一根頭髮說：「我最近一直都很忙，沒有可以放心看電影的『下次』。」

智雅坦言自己根本沒有什麼家族聚會，其實都是要去補習班上課，從上星期開始，每個星期六下午都會去聽數學補習班特別開設的講座，但作業還沒寫完；星期日白天會在社區小型圖書館裡當志工，傍晚則是去補習班上課。

筱蘭問她為什麼不早說，智雅欲言又止，猶豫了許久才終於開口。

「這個嘛……」

筱蘭認為智雅變了，但只要是人都會變，這是再理所當然不過的事，因為我們一直都有所成長，我應該也會變吧。可是現在的智雅真的是用自然的速度朝自然的方向在改變嗎？

「我好累喔，筱蘭。」

「走吧，數學補習班在哪裡？我送妳去上課。」

兩人肩並肩坐在公車最後一排。智雅一坐下來就把頭靠在筱蘭肩膀上，沉沉睡去。儘管公車緊急剎車了好幾次，也開過了幾條緩速丘，車體劇烈搖晃，智雅依舊睡得不省人事，絲毫不受影響。

自此之後，兩人週末就沒有再相約見面。智雅換了補習班，兩人再也碰不到面，也慢慢減少了講電話和傳訊息的次數。

於是某天，筱蘭剛躺上床準備睡覺時，手機正好響起，螢幕顯示著一組陌生的電話號碼，時間也不早了，要是平常她一定會選擇視而不見，扔在一旁任由手機嗡嗡作響，但是那天格外奇怪，宛如被什麼東西迷住似的，筱蘭接起了電話，對方是智雅的母親。

『好久不見啊，最近過得好嗎？國中生活怎麼樣呢？』諸如此類的平凡問候接踵而至，絕對不是需要在大半夜打電話給女兒朋友詢問的問題。

筱蘭還來不及搞清楚狀況，就只是「嗯、嗯……」語帶含糊地回應著。

『好啦，那記得要認真讀書啊，不對，還是別太累啊，才十四歲讀什麼書呢，盡情玩樂就好了，知道嗎？』

雖然筱蘭滿腹好奇，卻總覺得不宜開口詢問，只好全神貫注在電話另一頭的背景雜音，心想著說不定能找到一些蛛絲馬跡。

『時間太晚了吧？快去睡覺了，阿姨先掛電話嘍！謝謝妳啊。』

「那個，請等一下！」

幾乎是出於反射性的喊話，筱蘭總覺得這通電話是和智雅相連的細絲，掛上之後很可能就會被硬生生切斷。

「智雅已經睡了嗎？」筱蘭連忙臨場發揮，隨口提問。

『這個嘛……』

那天在電影院，智雅也說過同樣的話。

智雅的母親突然語帶哽咽，原來智雅不再說話了。不是因為發聲的部位出問題，也不是因為精神上受到巨大打擊而導致失語。據說在某個星期三的早晨，她沒有向母親道別就獨自去了學校，和許多朋友們相處時，卻只有靜靜地望著她們，老師點名時，她也默不作聲。

從早上吃飯、上學、聽課，到去補習班、返家、寫學校和補習班作業，智雅全程保持緘默不語。儘管週末會和父母一起看電視，也會被電視節目逗得呵呵笑，但不管怎樣就是不說話。

智雅和智雅的母親最終離開了韓國。在機場打電話給筱蘭、告訴她智雅已經重新開口說話了，而且即將就讀當地學校，並分享日落的照片給筱蘭，告訴她現在智雅正在和家人一起旅行的人，一直都是智雅的母親，不是智雅。

後來筱蘭傳了一封簡訊給智雅的母親，委婉地請對方不要繼續連絡了。也不曉得智雅的母親是將這封簡訊解讀成筱蘭對於長輩老是主動聯繫感到有負擔，還是不太想知道關於智雅的最新狀況，總之，自此之後，她便與智雅澈底失去了聯繫。

晚風依舊寒冷的五月最後一天，據說會有血月出現，也就是滿月徹底被地球的影子遮擋所呈現的月全蝕現象，再加上陽光中的紅光折射到月球上，月亮就變成了血紅色。不久前，筱蘭有在學校聽同學們說過，但她完全忘了這件事。

她套上一件針織外套，準備和家人一同外出吃晚餐，從陽臺剛收衣服回來的母親說道：「我看今天月亮很紅欸！聽說今天會有血月，結果還真的是紅通通的月亮。」

「真的嗎？」

筱蘭走到陽臺，一顆紅色的月亮高掛在對面公寓社區的上方，雖然說是血月，卻不是鮮紅色的，比較接近橘紅。

筱蘭連忙去拿手機，打開相機功能，直接拍了一張全景照，再將鏡頭拉近，拍了一張月亮特寫。直接拍的全景照顏色鮮明，可惜月亮太小；拉近鏡頭拍攝的特寫則是顏色模糊，不過月亮很大，所以顯得神祕。

原來這就是血月啊。原來要等一陣子，月亮才會重拾原貌。

筱蘭覺得十分神奇，並將拍好的照片放大，設成聊天軟體的大頭照。

恰巧電視新聞正在播報月蝕消息，世界各地的民眾為了一睹月蝕的神祕面貌，紛紛群聚在首爾的晚霞公園、肯亞的馬加迪湖，以及澳洲雪梨的天文臺。澳洲雪梨，智雅就在雪梨，她也在看同一顆月亮嗎？

其實筱蘭也不明白自己當時為什麼會傳那封簡訊給智雅的母親，她一直都很好奇智雅的狀況，也總是很擔心，但是每次只要接到智雅母親的聯絡電話，心情就會很低落，內心會出現許多細微的傷痕，既惱人又苦澀，但也不至於到需要去醫院塗藥治療的程度，只能獨自隱忍的那種傷痛。

筱蘭事後回想，也許當時只是希望能和智雅直接通話聊天、互傳訊息、聽著她的聲音、看著她的臉龐也不一定。

出生後認識的第一個朋友，在最久、第二久、第三久的回憶裡都會出現的人，除了家人以外最常聊天的人，花最多時間相處的人，最常起衝突的人，最常惹哭的人，最喜歡的人……能夠形容智雅的一句話何其多，卻早已物是人非。筱蘭認為兩人的關係會變成這樣，其實自己也有責任。

假如沒有傳那封簡訊給智雅的母親，現在也許就能打個電話給智雅，聊著彼此身處的國度氣候及景色，互傳彼此拍下的血月照也不一定。

智雅當時到底怎麼了？對於智雅來說，我又是什麼？

筱蘭一家人到住處附近的烤肉店吃了一頓烤五花肉套餐，自從東柱成為高中生以後，就無時無刻嚷嚷著想吃肉，食量也越來越驚人。一開始是獨自吃得下兩人份的肉，後來變成四人份也難不倒他，而且吃完烤肉還一定要再配一碗冷麵。

父母原本還很高興，認為兒子正值青春期，一定是因為讀書太辛苦，消耗掉太多熱量，所以才會這麼餓，但是後來發現兒子的身形就像吹氣球一樣急速膨脹，也不禁開始擔心起來。

「哥！先把肉吃完再吃冷麵！為什麼一定要用肉夾著麵一起吃呢？」

「反正進到肚子裡也都會混在一起啊！有什麼關係。」

「啊，討厭！活像個大叔一樣！應該要立法嚴禁三十歲以下年輕人將烤肉放進冷麵裡一起吃才對，將來我一定要當法官！」

「法院是司法機構，立法機構是國會，想要立法應該是當國會議員，不是當法官，看來妳要先多讀點書了。」

「好討人厭。」

母親聽見這句話便用拳頭輕敲了筱蘭的額頭一下，明明母親出手很輕，筱蘭卻誇張地大喊了「啊！」一聲，彎著身體，揉額頭揉了好長一段時間。

東柱吃了一肚子的烤肉，筱蘭則是滿腹憂愁，兩人肩並肩走在巷子裡。筱蘭認為今晚的一切，包括血月以及家人長長的影子，都像是 EBS 教育電視臺所播出的青少年連續劇裡的橋段。

她從未看過 EBS 的青少年連續劇，只是純粹覺得像極了電視裡某個和樂融融的家庭所度過的愉快週末，可是筱蘭沒有很幸福，她今天也不想吃烤五花肉。

當他們一家四口快要走到巷口時，她看見店家冒出兩個人影，一個先跑走，另一個在後頭追趕。

「喂！快還給我！李海仁──！」

李海仁？

「妳要是能抓到我，我就還妳！不對，妳親我一下，我就還妳！」

筱蘭還有點搞不清楚狀況，默默觀察這兩個人的身影。

這時，同樣還在試圖搞清楚狀況的東柱說道：「她們兩個不是都是女生嗎？現在是女生要和女生親親嗎？」

「關你屁事！」

一個的確是筱蘭認識的海仁，另一個也是她熟悉的嗓音，尤其是大喊著「李海仁！」那語尾上揚的語氣，非常熟悉。

到底是在哪裡聽到的？在哪裡聽過這語氣呢？筱蘭努力回想。

恩芝！是宋恩芝！

一個月兩次，第二和第四個星期四的第七節課，是上社課的時間，所有學生都必須選一個社團來參加，男生通常喜歡選保齡球社或撞球社，女生則喜歡選熱舞社。筱蘭他們班甚至因為報名熱舞社的人太多，最後還得用猜拳來決定。

筱蘭是班上唯一選擇加入電影社的人，隔壁同學偷瞄了筱蘭填寫的社團申請書以後，一副要分享天大的祕密似的，對筱蘭竊竊私語。

「聽說去年只有一個國一學生參加電影社，結果由他獨自一人準備社團活動，準備到滿肚子火，最後索性直接轉社。」

「可以中途轉社嗎？」

「可能他的情況比較特殊，所以有通融吧。」

電影社的成員總共有十名國三、十名國二、五名國一學生，大家都認為這個社團之所以高年級較多，是因為社課時間還可以看電影好好休息一會兒。不過，現在早就不是個難以接觸電影的年代，更何況加入學長姊較多的社團也不太自在，因此，社團已經有好幾年都招不到國一的學生。

電影社的社課教室位於別館地下室，據說那裡以前是科學教室，只要拉起布簾就會像電影院一樣昏暗，然而傳聞那個地方是小情侶的約會勝地，經常有大膽的愛情行為出現，反而沒有靈異或超自然現象等奇聞怪談。

第一堂社課，筱蘭沿著樓梯走下，四周瀰漫著異臭味，她心想假如今年國一社員還是只有她自己，就會立刻選擇逃離這個社團。

結果點名時發現，國一竟然有四名學生選擇加入這個無聊、對升學毫無幫助、也不怎麼自在的電影社。筱蘭有點緊張，不曉得另外三名同學究竟是怎樣的人。

就是那三名同學當中的兩人——宋恩芝和李海仁，在這大半夜的時間，相約在外嬉鬧？她們兩個有這麼要好？

血月高掛在恩芝和海仁消失離開的那條巷子上，也許是周圍一片漆黑的緣故，看起來比剛才更顯通紅。

海仁的故事

自從填完高中申請書以後，海仁經常出現頭痛症狀。

她一動也不動地躺在客廳。

父親似乎以為家裡沒人，也沒敲門，就直接按密碼鎖打開大門走了進來。

他有點受到驚嚇，原來海仁在家，並詢問海仁怎麼沒去補習班上課。

「已經去回來了。」

父親看著從房間裡走出來的尚民──海仁的弟弟，也問了他同樣的問題。

「我現在只剩下數學補習，其他都取消啦，爸你不知道嗎？」

父親沉默不語。

海仁壓低嗓音，咬牙切齒地念了一聲弟弟的名字，充滿著濃濃警告意味。尚民瞥了姊姊一眼，故意扯高嗓門。

「怎麼？妳連英文、數學、科學都可以補習，還有什麼意見嗎？」

「夠了喔，李尚民。」

「姊，妳有什麼資格說夠了？自己補那麼多還敢說。」

「當初是誰在那邊嚷嚷著不想補習，現在怎麼又發神經吵著要補習，明明功課那麼爛。」

「要是被別人聽見，還以為妳功課很好呢，妳是因為在這裡所以才被人稱讚會讀書，要是以後去了多蘭洞就慘了，趕快認清現實吧。」

「那連在這裡都功課極差無比的你，最好還是給我閉上嘴巴吧。」

姊弟倆爭得面紅耳赤，父親終於忍不住打了個岔。

「海仁啊，今天不打算準備晚餐給我和尚民吃了嗎？」

海仁對著尚民比出拳頭手勢，用唇語說了一句「你死定了」，尚民則是吐出舌頭作了個鬼臉，脫口而出，「快去準備晚餐啦，飯姑～」結果就在那一瞬間，海仁一把抓住尚民的手腕，拖進了房間，關上房門。

雖然尚民已經就讀國小六年級，但是他的體格偏小，所以海仁一甩手就把他扔到了地板上，然後一屁股坐在他胸前，用雙手掐住他的脖子。

尚民漲紅著臉，試圖用力掙脫，卻無法和體格壯碩的海仁抗衡。海仁不肯鬆手，一直用輕蔑的眼神盯著尚允看。

「要是敢再叫我一次飯姑你就試試看，到時候一定弄死你。連個飯都不會準備的廢物。」

尚民一直被掐著脖子，同時還繼續頂嘴。

「所以爸爸也是廢物嘍？」

「當然，好手好腳卻不會準備自己要吃的飯，這種人都是廢物，你要是不想繼續當個廢物，就最好自己來盛小菜端去餐桌上擺好。」

海仁把母親出門前放在冰箱裡的整鍋泡菜鍋拿了出來，放在瓦斯爐上加熱。

尚民一邊看著海仁的臉色，一邊把放在冰箱旁的折疊式餐桌攤開來，放到擁擠的客廳中央。

海仁扔了一條抹布在餐桌上，尚民噘著嘴，心不甘情不願地用那條抹布擦拭餐桌。

當泡菜鍋開始滾煮，鍋蓋被蒸氣推得起起伏伏時，電視旁的市內電話發出了惱人的震動聲響，甚至還震倒在地。

海仁心想：『怎麼會有人知道我們家的電話？』

與其說是驚訝，不如說是好奇，當初之所以會安裝市內電話，純粹是為了以更優惠的價格使用網際網路。

父親闔起眼睛，倚著牆壁坐在地板上，尚民則是用雙手抱著四桶小菜，小心翼翼地挪到餐桌上擺放。

海仁接起電話。

『是海仁嗎？哎呀，怎麼辦？妳已經紙包不住火了！話說回來，妳媽怎麼都不接電話？她在家嗎？妳第二志願填哪裡？』

原來是住在多蘭洞的大阿姨。她一口氣接連拋出了好幾道問題，反而讓海仁猝不及防的，不知該從何開始回答。

阿姨繼續追問：『如果沒上佳嵐女高妳會讀哪裡？附近有可以就讀的學校嗎？』

「這個嘛……」

窗外的天空被染得橘紅，從對面建築物玻璃上反射出來的太陽光，正好灑進面積狹小的客廳裡，照射在地板上，顯得分外朦朧。由於太不真實，海仁還特別去踩了幾腳。

『妳有在聽我講話嗎？這孩子怎麼都不回話啊？』

難道要哭給妳聽嗎？海仁繼續保持沉默，於是，阿姨只好提醒海仁，請她記得轉告母親大阿姨有來電，便匆匆掛斷了電話。

在海仁的記憶中，父親最早從事的工作是出口美容相關產品到中國，包括肉毒桿菌、填充物、脂肪分解劑和減肥輔助劑等醫藥品和醫藥外用品，接觸各式各樣的產品。也是因為這份工作，父親比其他家長更了解偶像團體、美容等相關資訊，不過是否有因此而和子女無話不談、毫無代溝，那倒也沒有，只有無止境地分享哪些明星和中國黑道組織有勾結、哪些藝人在中國太白目慘遭封殺等，也不曉得是資訊還是八卦的消息。海仁和尚民一點也不想知道這些內容，母親也是。

這邊應該要打點肉毒、那邊應該要打點填充物，父親不斷挑剔母親的外表，每次講話還要附上一句「就連現在的中國孩子都不會像妳這麼邋遢」。

「你最好說話放尊重一點。」母親忍無可忍，警告父親注意自己的言行，可是他依然不知道自己說話有什麼問題。

「所以才叫妳要保養啊，妳看這皮膚怎麼搞的？」

「海仁爸爸，你自己先去照照旁邊的鏡子吧。」

「太帥了！充滿男子氣概！不覺得嗎？」

隨著韓國產品人氣水漲船高，水貨的問題也越演越烈，父親的公司只選用品質較好的正韓貨，反而面臨經營危機。於是，父親將公司方向轉型成化妝品出口商，不再碰醫藥品。

海仁曾經好奇地問過母親，化妝品不是更容易有水貨問題嗎？雖然直接從父親那裡得到答案會更為準確，但她並不想問父親。

「你爸說乾脆直接在中國成立公司，在那裡經商。他可能覺得這樣做比較好吧。」

「在中國？所以我們要搬去中國生活？」

「沒有啦，只是爸爸會比以前更常出差去中國而已。」

海仁認為這樣做也沒什麼不好。父親忙著與境內負責人見面、準備合約、租辦公室和倉庫等……所以海仁的國小畢業典禮也未能出席。然而，原本說好要擔任公司共同代表的韓國僑胞二代企業家，最後竟然捲款潛逃了，把父親的投資金額全數帶走，人間蒸發，那個人還是和父親認識超過十年的事業夥伴。

用父親——其實是一家人——嚴格來說，是一家人的未來、安定與幸福，作為擔保所借來的一切，瞬間化成了泡沫。父親還在中國待了整整一個月，只為了找尋這位合夥人，最終卻一無所獲地回到了韓國。

「太大了，那裡土地面積太大，原以為那些都是商機，是財源，沒想到竟然是迷宮、沼澤、地獄。」

母親原本上午都會去父親的辦公室上班，後來她也換了一份工作。平日凌晨到地鐵站裡的壽司攤包韓式壽司，白天則在附近的大賣場裡當收銀員，週末會在開車距離十分鐘的烤肉店當洗碗工。

母親總是備好早餐，將晚餐要喝的湯事先煮好放到冰箱，然後第一個出門。雖然她整天都做著自己從未做過的工作，但是回到家還是會把家裡打掃乾淨，讀一下從她以前做過志工的圖書館所借回來的書才入睡。

海仁很想為母親盡一份力，不過很顯然地，母親把眼前面臨的所有困境都處理得很好。

海仁升上國中之後不久，一家人便搬到原本住的公寓對面，一棟老舊的多戶住宅[4]生活。新家格局極小，不僅放不下餐桌和沙發，中央還有一個四人圍坐都嫌窄的客廳兼廚房，兩間小房間則分別位在廚房兩側，面對面相望。家中唯一的廁所是設在主臥房內，家裡的每一扇門開啟、關閉時都十分不順暢。

當父母在主臥房窗前擺放尚民專用的書桌時——表示尚民要和父母共用一間房，

4　多戶住宅：樓層不高過五層樓的老式住宅。

他走進廁所，關上嘎吱作響的廁所門，開始嚎啕大哭。雖然海仁睡覺時要把腳伸到書桌底下才有辦法伸直，不過她心知肚明，能有一間屬於自己的房間已經是謝天謝地了。

海仁家一直呈現一團亂的狀態，難以著手整理，從家具、衣服到書籍、寢具和大大小小的鍋碗瓢盆，不論丟再多、收納再堆疊，也塞不進整整小了一半的居住空間裡。

隨著太陽西下，周圍景物漸暗時，搬家工人把所有家當堆疊在客廳，像個山丘一樣，便拍拍屁股走人。父親怒吼著這根本是違反合約，奮力跺腳摔紙箱出氣，可是搬家工人早已離去，掃到颱風尾的人無疑是留在現場的家人。

直到午夜時分，才好不容易騰出了四個人可以平躺睡覺的空間。海仁覺得全身骨頭都要散了，直接趴在還積滿著厚厚灰塵的書桌上，因為她一整天都沒坐下來過，不停在搬運物品，導致全身痠痛。

她終於體會到原來生理上的疼痛遠比心理上的疼痛更讓人難以忍受，於是海仁想要把這份痛苦栩栩如生地記錄下來。她強忍住快要潰堤的眼淚，翻找著日記本，可惜不論怎麼翻找書包、書桌抽屜、書堆，都沒看見日記本蹤影。

海仁曾在恩芝送給她的漂亮手帳裡寫過日記，最近則是寫在一本平凡無奇的筆記本上，封面還故意標了「數學」兩個字，和書櫃上的其他筆記本混在一起擺放。

搬家時，海仁裝了六箱書，但是因為新家實在沒地方擺，所以最終只好扔掉四箱，把剩下要留的一箱堆放在外推陽臺的角落，另外一箱裝著每日閱讀的書籍、習題、筆記本，很有可能裝著「數學」筆記本的紙箱則搬進了自己的房間。然而，不論海仁多麼仔細地翻找，都找不到那本「數學」筆記本。

海仁將每一本書和筆記本都拿起來一一確認，再重新一本、一本倒回去確認，真的沒有看到「數學」筆記本的蹤影。

海仁走去陽臺，開始翻找另一箱書籍。

一堆用黃色膠帶封箱、雜亂無章堆疊的紙箱統統被海仁傾倒出來，倒下的紙箱發出了破碎、擠壓的聲響。

也不曉得是什麼時候不小心刮傷的，海仁的手臂開始流血。外觀相似的紙箱和一模一樣的黃色膠帶，海仁索性直接撕掉每一個紙箱上的膠帶，打開確認。

默默目睹這一切的母親終於忍不住開口問道：「妳在幹嘛？」

「在找數學筆記本。」

「妳知道妳的手臂在流血嗎？」

海仁被自己四處翻找紙箱而揚起的灰塵搞得眼睛搔癢難耐，連打了五個噴嚏之後，隨即鼻頭感到一陣泛酸，眼眶也開始泛淚，直到落下了一滴淚，就變得一發不可收拾。

海仁一邊用髒兮兮的手背擦拭眼淚，一邊歇斯底里地咆哮怒吼。

「只有那本筆記本不見！怎麼找都沒有！到底哪一箱裝著我的書，我都分辨不出來！要是不見了怎麼辦！不小心被弄丟的話怎麼辦！」

「這本筆記本有重要到讓妳哭成這樣嗎？」

「對，就是這麼重要！」

「妳確定不是剛好要找個理由大哭一場？」

海仁頓時語塞。

她想要停止哭泣，卻沒辦法完全順著自己的心意，只好站在陽臺，在那些堆積如山的紙箱間繼續哭泣。

母親伸出手，宛如援手般緊牽著海仁從陽臺走回了室內。

「妳不需要另外找理由哭，我們家現在的情況的確很值得哭，所以想哭就盡情的哭吧。」

聽完母親這麼一說，海仁的眼淚反而被控制住了。海仁告訴母親，她想要去恩芝家睡一晚。

「我可以問妳嗎？」

放著床不睡，偏要和海仁一起睡地板的恩芝問道。

海仁累了一整天，晚上還哭過，而且洗了個熱水澡，所以一躺下來身心就放鬆了，甚至覺得有點朦朧，一整天的經過簡直就像一場夢。雖然很想把所有情緒統統宣洩出來，卻被濃濃的睏意籠罩著。

海仁努力撐起沉重的眼皮，沒有回答恩芝的問題，反而喃喃自語說了一段話。

「妳家好神奇喔，我這麼晚才臨時說要來妳家住一晚，怎麼都不會有人反對？妳媽甚至還特地來接我，妳外婆還問我有沒有吃晚餐。一般來說，不是都會先問妳家發生了什麼事、怎麼會突然搬家、頭髮和衣服怎麼搞得亂七八糟……之類的嗎？」

「所以我有問妳啊。」

「妳才沒有問，妳是問我可不可以問。」

「對欸，我是問妳可不可以問。總之我已經問了喔！」

海仁噗哧一笑，打了個長長的哈欠，像是在說夢話似的，語帶含糊地說了一句：

「所以看來妳媽像妳外婆，妳像妳媽了……」

「像什麼？」

海仁假裝睡著，沒有回答。強烈的睏意突然襲捲而來，實際上她也的確是很睏了。

海仁的國中生活適應得還算不錯，有許多來自同一所國小的熟面孔，也有恩芝。海仁為了和恩芝一起參加同一個社團，所以選了最冷門的電影社。雖然在電影播放期間可以偷睡是一大福利，但是只要一想到要準備秋天舉行的校慶活動，就會眼前一片茫然。

除此之外，海仁也不甚滿意另外兩名國一社員，一個整天笑瞇瞇，不知道是在開心什麼，另一個則是整天擺臭臉，也不知道是有什麼不滿意。算了，反正也沒打算和她們走很近。海仁心想，接下來只要適應新家應該就差不多了，於是沉沉睡去。

海仁從星期五傍晚到週末都是在恩芝家度過的。一天三餐吃著恩芝外婆煮的飯，和恩芝兩人肩並肩一起站在洗碗槽前用泡泡一邊嬉鬧、一邊洗碗，還和恩芝的母親、外婆四個人聚在客廳茶几前擦指甲油。

吃晚餐時，恩芝的母親目不轉睛地盯著海仁看。

「妳可以自在一點，不用那麼拘謹。」

「我現在很自在。」

「穿著胸罩吃飯不悶嗎？妳就把這裡當自己家吧。」

恩芝、恩芝的母親、恩芝的外婆在家都沒穿胸罩，其實海仁每次到恩芝家裡玩，都會不曉得眼睛該擺哪裡，有點不知所措。

海仁其實在家裡吃飯、獨自在房間內、甚至就連睡覺，都會一直穿著胸罩，海仁的母親也是如此。被人這麼一提醒，海仁也的確開始感到有點胸悶、呼吸急促，於是吃飯吃到一半，便走進恩芝的房間裡，將胸罩解開。

海仁的臉微微泛紅，默默重回餐桌，恩芝一家人反而神情自若，毫不在乎。

那天晚餐，海仁吃了整整兩碗白飯。

星期日傍晚，恩芝的母親開車送海仁回家，恩芝搖下車窗，揮著手對準備進家門的海仁說：「我再傳訊息給妳喔！」

恩芝母親駕駛的汽車還未離開巷口，海仁就收到了來自恩芝的訊息。

『等妳收拾好房間記得要邀請我喔！』

海仁其實一點也不想讓別人來參觀這個新家，但她很感謝恩芝主動先對她這麼說。

自從搬來新家之後，海仁就經常把房門上鎖。尚民一直對海仁耿耿於懷，父母也很常趁尚民睡著以後移動到客廳吵得臉紅脖子粗，就算房門上鎖，那些惱人的生活雜音還是會穿透薄牆，被人聽得一清二楚。

不過只要「喀拉」一聲，按下門把上的鎖扭，彷彿就像是產生了一層隔開自己和家人的保護膜，接著再解開胸罩，戴上耳機，放BTS的歌曲，才算是能好好喘口氣。海仁的Melon裡存著兩種音樂清單，「BTS A side」和「BTS B side」，A side裡收藏著〈Fire〉、〈Idol〉、〈Run〉等舞曲，B side裡則是收藏〈Spring Day〉、〈Save Me〉、〈Whalien 52〉等抒情曲。

海仁從未去過簽名會或演唱會，光是能在電影院裡看演唱會轉播影片就已經要偷笑了。她很喜歡透過大銀幕、生動的現場收音，和一群人一起哼唱、拍手、流淚、觀賞，她也會提早兩小時抵達現場，先去附近的角色人物周邊商品店買貼紙和小毛毯，再列印客製化電影票根[5]，這些是海仁唯一的樂趣。

她正在用手機閱讀BTS為了參與實境節目錄製而出國的新聞，門外卻傳來「喀拉喀拉」轉動門把的聲響，接著，拍打房門的聲響也透過耳機傳進了海仁的耳裡。

5 客製化電影票根：可以在網路上將喜歡的照片與電影票資訊分為正、反面一起列印出來。

海仁取下耳機。

「海仁？」

是爸爸的聲音。

海仁急忙把手伸進上衣裡，將胸罩重新扣好，打開房門。

爸爸只有探頭進來，環顧了一下房內四周。

「這個門，怎麼是鎖著的？」

「剛才換完衣服忘記開了。」

爸爸點點頭，準備轉身走回主臥房。他的眼神依然充滿懷疑，緊盯著海仁看，然後彷彿想起了某件事情似的說道：「對了，海仁，妳還是去讀佳嵐女高吧，妳只要專心讀書就好，現在已經沒事了，爸已經找到那個人，我們一家人的地址會移去大阿姨那裡，讓妳先知道一下。」

佳嵐女高是一所位在多蘭洞的地方自私高[6]，由於學校屬於私立高中，所以只有住在首爾以及預計畢業於首爾各間國中的學生，才有資格申請入學，而且這間學校還是所有自私高裡面以昂貴著名的貴族學校，所以競爭率不高，從註冊費、營養午餐費，

6 自私高：自律行私立高中的簡稱，指教育課程是透過學校自行經營的私立高中。

到特殊活動費、教材費、輔助教材費等……要支出的費用項目和金額也都十分可觀。然而，爸爸卻勸海仁去讀佳嵐女高，他明明沒錢、沒工作也沒未來。

從旁搧風點火的人是住在多蘭洞的大阿姨，自幼在姊妹中最不起眼的大阿姨，多虧其細心和熱愛社交的性格，最終成為保險商品開發人員，在事業上闖出了一片天，後來和宛如電影明星般英俊的大姨丈結婚，也生了兩名和大姨丈長得一模一樣的帥氣兒子。

然而，人生總是不盡人意，兩名高顏值的兒子功課卻奇差無比，大阿姨經常為他們的學習成績苦惱不已。

大阿姨對待功課好的海仁宛如親生女般疼愛有加，從海仁就讀國小時，大阿姨就經常把佳嵐女高掛在嘴邊，提醒她將來一定要去讀這所學校。

從大阿姨家的外推陽臺可以直接看見佳嵐女高的學校操場，阿姨曾經說過，佳嵐女高的學生不僅不會擅自修改校服裙子的長度，也不會披頭散髮，更別說化妝，她從未見過一名佳嵐女高的女學生化妝。

「其實不全然是因為她們的功課很好，而是她們的氣質都很出眾。之前有一次，我剛好有事經過佳嵐女高前的公車站牌，看見一群學生在等公車，結果我發現她們人手一本小冊子，每個人都在喃喃自語，原來她們是連等公車的零碎時間都不放過，充分運用這種不完整的時間來默背功課。」

有別於對此讚嘆連連的大阿姨，海仁反而覺得那種光景一定很詭異。

「又不是殭屍，幹嘛聚在一起喃喃自語？阿姨妳最好遠離她們，小心別被她們咬到變成殭屍。」

海仁只是開了一個玩笑，大阿姨卻眯起眼睛瞪了她一眼，便轉而對海仁的母親說道：「這孩子要是去讀佳嵐女高，就不會說這種話了。」

母親一邊用微笑代替回話，一邊把有機蘋果切成八等分，將蘋果籽的部分切除。

至少到那時為止，海仁她們家是完全不擔心學費問題的，只是沒有勇氣去上這所學校罷了。

新永鎮的人都說，為了搬去多蘭洞生活，勤奮努力的媽媽比功課好的孩子還要重要。但是海仁的母親是屬於另一種勤奮——每天早晨比其他家庭成員早起一小時先煮米飯，再用昆布和香菇熬出來的湯底來煮湯，並且當天現拌各式各樣的小菜；廁所總是保持乾燥，客廳則是一塵不染，連一根頭髮都找不到；玄關除了姊弟倆的兩雙拖鞋整齊排列著，也不見其他任何東西。

母親協助處理父親公司的事情，每週還會固定到活動中心二樓的公共圖書館擔任志工，也會定期出席生活協會的聚會活動。

母親曾在生活協會蒐集過一些二手的兒童書包，寄送給開發中國家的孩子。那些印有補習班或幼稚園機構名稱的書包，只要機構一倒閉，民眾就會選擇丟棄，更何況孩子們頂多只會在同一間機構讀二到三年，很多時候還會因為種種原因而中途停學，所以經常可見有完好無缺的書包被人丟棄。

當時海仁的母親負責的工作就是將這些二手書包清洗乾淨，包裝好，送去總部。外推陽臺上晾著五顏六色的小書包，海仁看著那些書包上寫著愛心幼稚園、巧克力幼稚園、小青幼稚園、貝比森林幼稚園等可愛又溫馨的字樣，開始一一念出聲音來。

母親用乾抹布擦拭這些書包直到深夜，並將每一個書包都用袋子裝好。

海仁詢問母親會不會太累，此時，整個人斜躺在沙發上透過有線電視頻道正在收看美劇的父親說道：「別管妳媽了，她就愛做那些事。」

原本臉上掛著微笑的母親直接收起笑容。

父親搔頭抓背，冷不防又補了一句：「什麼環保、有機、做義工、捐錢那些的，以為搞這些就會顯得自已很有想法嗎？算了，的確是比三姑六婆整天聚在一起七嘴八舌、喝咖啡、聊連續劇來得好啦。」

母親不發一語，繼續打包那些小書包，海仁反而內心激動，父親對母親說的話總是讓海仁很受傷。

「爸，你現在不也在看連續劇？為什麼要批評別人看劇？」

「這是美劇啊，和那種老套的狗血劇根本就不是同一個等級。」

「美劇也沒多高尚。爸，你這根本是事大主義[7]。」

父親可能沒把女兒的話當真，竟然呵呵地笑了起來。

海仁重回自己的房間，趴在書桌上，用力抓頭。其實她真正想要說的並不是那些，她想說的是：「往往沒想法、不做事的人才會站在後方默默嘲笑他人，因為這種人什麼事都不做，也毫無中心思想。」

海仁和尚民只要身體不舒服、受傷、成績退步，就會怪罪母親，對於認為養育子女純屬母親責任的父親來說，不僅毫無罪惡感，連責任感都沒有。父親總是藉由批評、貶低那些試圖想做點事情的人，來合理化什麼事都不做的自己。

海仁小聲嘀咕著：「你才最應該讓自己有點想法！」

後來父親不僅沒有搬去多蘭洞，甚至還被原本的房東趕了出來，全神貫注地在要送女兒去上佳嵐女高這件事情上，因為父親認為那是他身為一家之主最能夠證明自身存在價值的事情。

7　事大主義：意思近似於崇洋媚外。

母親禁不起父親鍥而不捨地催促，只好將一家人的戶口統統遷到大阿姨家的地址。自從姨丈過世，表哥們也相繼當兵入伍、出國留學之後，只剩下大阿姨獨自一人居住在那間偌大的公寓裡，所以就算告訴稽查人員海仁一家人就居住在那裡，也絲毫不會讓人起疑。

海仁需要在佳嵐女高申請書上取得國三班導師的確認簽名，她拿著密封的信封袋猶豫了許久，最後終於走進教室。

教室內，多允和英文老師並肩而坐，正在填寫京仁外語高中的申請書，海仁刻意將視線固定在某處，不去往多允的方向看，多允也有意識到海仁走了進來，卻刻意在迴避的感覺。

海仁小心翼翼地將申請書放在教室書桌上，但是有別於海仁，班導師則是一副大咧咧的樣子，直接從信封袋裡取出申請書，動作豪邁地翻動紙張，並問了一句：「現在和大阿姨住？」

海仁不知道該如何回答，欲言又止，於是班導師輕拍了海仁的背幾下，對她說：

「要乖乖聽阿姨的話喔。」

究竟是明知故問，還是真不曉得呢？班導師的真心，海仁無從得知。

一走出辦公室，海仁就馬上拔腿狂奔，結果在走廊底端不小心和同班同學撞個正著，明明兩個人都因為沒有注意看路而不慎碰撞，但是這名同學卻先發制人，一邊發著脾氣，一邊叫海仁以後走路要好好看路。

「喔，抱歉。」

同學面對迅速認錯道歉的海仁感到有些不好意思，於是幫海仁重新拉好連帽外套。

「妳從哪裡來？辦公室嗎？」

「嗯。」

「為什麼要去辦公室？妳該不會……要去自私高吧？打算去哪一間？」

「我是去幫老師跑腿。什麼自私高？」

沒想到那天的狡辯竟成了預言，海仁一家四口寄戶口的事實被爆了出來。

房門另一頭傳來母親的說話聲，似乎是在和大阿姨講電話。

母親沒有多說什麼，只是說了約莫四次的沒關係，接下來就是一片漫長的寂靜。

難道是已經掛電話了？

海仁悄悄地打開房門，母親正在凝視窗外，雙手牢牢握著手機。

從客廳窗外看出去可以看見以前居住的公寓社區，從公寓玻璃透出的黃色燈光，海仁家曾經也是那些黃光之一。從母親那雙猶如黑洞般黯淡無光的眼睛裡，讀不到一絲情感。

唉，媽。海仁原本猶豫該不該安慰母親，卻看見母親笑了——無聲地笑了，而且是咧著嘴笑。

海仁躡手躡腳重新走回自己的書桌前坐下，她沒有看錯，剛才母親的確有笑。

母親把父親和海仁叫到客廳，並轉述了自己剛才和大阿姨的通話內容，原來是佳嵐女高校方在自行確認的過程中，發現海仁一家四口只是寄住的事實。

小房間裡的衣架上掛著海仁的校服和運動服，窗邊的小矮桌上則放著攤開的國中數學習題，中間夾著一支自動鉛筆，但是在阿姨家裡卻沒有海仁一家人的任何物品。

父親用力咬著暗沉的下唇，彷彿快要將嘴唇咬破一般。

「那我們家海仁的高中怎麼辦？」

過去那雙熟悉的眼神又出現了。

「妳這當媽的人怎麼連孩子的高中都搞不定，不是說那邊都已經布置得跟海仁的房間一模一樣了嗎？空有房間有什麼用？妳到底還會做什麼？」

「那你又做了什麼事？在我拜託姊姊布置房間、往返戶政事務所、申請遷戶口時，你到底為了女兒做過哪些事？既然你什麼事都沒做，那就沒有資格說嘴。」

「妳可別忘了，一直以來都是因為我，妳才能過好日子！」

「不論你工作順不順利，我從來都沒說什麼，因為我不會對自己沒做過的事妄下評論。」

隨著兩人的爭吵聲越來越大，海仁開始感到背後有刺痛感，臉部也奇癢無比。

海仁不能把母親置於父親的言語暴力當中，於是她緊握拳頭，大喊了一句：「是我的錯！」

海仁從來沒說過想上佳嵐女高，也沒要求過父母幫忙寄戶口在大阿姨家。從頭到尾都沒有人問過海仁的想法和意見，這不是海仁的錯，也不是母親的錯。

「這不是妳的錯，妳先回房讀書。不對，快睡吧，現在已經太晚了。」

海仁看著反倒來安慰自己的母親，情緒激動到無以復加，眼淚就快奪眶而出，於是海仁連忙轉了過去，面向自己的房間。

此時，父親叫住了海仁。

「李海仁！妳不跟爸爸說晚安就進去啊？」

海仁將身體重新轉正，向父親點了個頭，示意要先行離開。

她一回到自己的房間，便悄悄地把門鎖上，一把抓下摺放在收納櫃裡的棉被，整個人飛撲在棉被上，動作宛如被人拋飛。

海仁彎起膝蓋，犯著嘀咕：「幹，他自己幹嘛不先向我說晚安。」

那天傍晚，不確定是溝通還是吵架的那段爭執也不了了之，海仁用世界上最不舒服的姿勢——摺躺在棉被上，連個夢也沒有作，睡得很沉，隔天早上醒來也難得沒有頭痛。

好不容易連絡上的僑胞企業家再度完美隱身，不過父親再也沒有四處打聽他的下落了，只有出入銀行、區廳、律師事務所，尋求並得到放棄、救濟、原諒。

後來父親以擔任小型賣場管理員的身分重新出發，有空就會尋找更安定的工作，投遞履歷、到處面試。父親變得和從前一樣，每天刮鬍子、打扮得人模人樣、勤洗手，並向海仁和尚民表示抱歉。

海仁認為這樣的父親很了不起，可是還是不喜歡他。

自從寄居一事被舉發之後，海仁的內心反而舒坦許多，讀書狀況也比以前好。放學後，她直接去補習班，在自習室裡看到手機顯示著弟弟尚民的來電。

她沒有選擇接電話，索性將手機收進了書包裡，直到上課前才基於好奇和擔心將手機拿出來確認一下，於是她看見了四通未接來電，還有兩封簡訊。

第一封簡訊：『爸叫妳現在立刻回來。』

第二封簡訊：『爸瘋了好恐部快回來。』

要是只有收到第一封簡訊，海仁應該會選擇視而不見，但是相隔不到十分鐘傳來的第二封簡訊，看得出情況十分糟糕，更何況當時根本就還不是父親的下班時間，海仁想要選擇置之不理，卻又同時想要保護弟弟，讓海仁猶豫不決，不停重複拿起羽絨外套又放下的動作。

最終，海仁把黑色長版羽絨外套批在肩上，默默從教室裡偷溜出去，幾名同學滿臉訝異地回頭看向海仁。

幫忙打開玄關大門的人是尚民，海仁一見到他額頭紅腫，便連忙對著站在陽臺抽菸的父親大喊：「爸，你瘋了嗎？幹嘛要動手打尚民？」

「那是他自己撞到妳的書櫃。」

「別再說謊了！」

這時，尚民一把抓住海仁的手臂。

「爸沒有說謊，是妳的書櫃倒了下來。」

我的書櫃？海仁感受到後腦勺突然一陣熱，她立刻奔回自己的房間，發現書櫃已經傾倒在對面的牆壁上，因為房間太小，導致書櫃無法完全倒在地上，只有書本全數滑落地面，現場一片凌亂，寸步難行。

海仁站在房門外，尚民默默湊了過去。

「爸剛才好像在翻找某樣東西。」

海仁大動作地穿過狹小的客廳，朝外推陽臺方向走去。父親身上沒有酒氣，但是鼻樑上有著宛如被紅筆畫到的血絲。

海仁努力用平時的口吻詢問父親，房間怎麼會變成那樣。

父親取出一根香菸，點燃菸頭，朝著海仁的另一面吐煙。但是一陣風吹了過來，那些煙統統覆蓋在海仁的臉上。

「妳有做什麼丟人現眼的事情嗎？」

「什麼事情？」

「聽說是個女的，明顯是個小女孩的聲音，念著我們家的地址和阿姨家的地址，叫對方確認。」

海仁瞬間僵住。

「她也有打到學校辦公室、教務處，把我們家和阿姨家的地址一字不漏地念給對方聽，不覺得很可怕嗎？原來不是素未謀面的敵人，而是連我們家親戚的地址都瞭若指掌，而且是跟妳走很近的孩子。我一定會把這人揪出來。」

香菸在父親的手指間燃燒，細細的煙霧呈現著規則紋路。

海仁緩緩開口說道：「爸，都是這樣的。」

「什麼東西？」

「我說都是這樣的。」

「什麼東西都這樣？」

「看來你沒聽說過寄戶口大部分都是被周遭親近人士舉發的消息，否則素未謀面的敵人怎麼可能知道我們是寄戶口，平時又沒有交集，所以一定都是身邊的人去舉發的。你想想看，要是自己一路走來十分艱辛，原本一起上學、一起去補習班的同學卻是靠花錢走捷徑，那是不是就很容易心生不滿、感到嫉妒？」

「所以妳的意思是，對方舉發我們也是情有可原嘍？妳難道都不會怨恨那個毀掉妳人生的女孩嗎？」

海仁目不轉睛地盯著父親看。

「爸，我的人生並沒有毀掉，我的人生還好好的！」

話一說完，海仁轉身便掉頭走回房間。她重新扶起傾倒的書櫃，把書本歸位。

她一邊整理一邊思考，難道父親真的認為我的人生早就已經被摧毀了？在整理的過程中，海仁不時翻閱書籍，也重讀了幾本繪本。她拿起之前和恩芝互傳的手寫信讀了一下，發現有點肉麻，於是趕緊藏進了書櫃深處。

事情發生在海仁一家人還住在對面公寓時，兩個月後，海仁即將升國小六年級，有一天下午，她正在望著從雲梯車延伸出來的長長雲梯，一樓、二樓、三樓、四樓……二十二樓！住在四樓的海仁心想，住那麼高樓層的人會不會需要天天吃暈車藥才不會頭暈腦脹，結果沒想到住在那一戶的人正好是恩芝一家人。

新學年開學第一天，在電梯裡相遇的海仁和恩芝竟然在命運的安排下走進了同一間教室，甚至連座位都被老師安排在一起。海仁經常去恩芝家串門子，自從恩芝的父母離婚後，外婆就一直和她們住在一起，外婆每次看見海仁，都會稱呼她「我的海仁」，宛如對待自己的親孫女般熱情歡迎，海仁要準備回家時，也會叫她有空經常來玩，這樣恩芝才不孤單，每次只要被恩芝聽見這些話，她就會擠眉弄眼，用眼神向外婆暗示。

「外婆，我一點都不孤單喔！」

從恩芝家的外推陽臺往下俯看，對面街上的住宅區豎立著大小高度都不盡相同的房屋，屋頂陽臺也有著黃黃藍藍的水塔，汽車在蜿蜒曲折的巷子裡穿梭，一切宛如用積木堆疊而成的玩具村。海仁很喜歡站在恩芝家的外推陽臺上看這片積木村。

「那邊最後面竟然還有瓦房欸！到底是什麼時候蓋的呢？」

「那一區聽說還有百年老屋喔！」

「真的嗎？那種房子不是應該被列為文化遺址嗎？」

「怎麼可能純粹因為老舊就列入文化遺址，我爺爺、奶奶家的房子也都五十年了啊。」

海仁出生在公寓裡，一輩子只住過公寓，朋友家清一色也都是公寓，打開玄關大門就會直接看見擺有電視和沙發的客廳，開放式廚房，二到三間房間圍繞在客廳周圍，還有廁所、外推陽臺，認識的人基本上都住在這種格局的房子裡，坪數大小也都差不多。

恩芝表示對街上的房子應該不會是這種格局，通常不是沒有客廳，就是廚房另外設在玄關外，所以要穿鞋走去廚房，不然就是有馬桶的廁所和有洗臉檯的浴室是分開的，因為恩芝的爺爺就是住在這種社區。

海仁感到神奇，恩芝反問她難道從來都沒有去過那種住宅？海仁點點頭。

「真的嗎？妳的爺爺、奶奶也住公寓？」

「我爺爺、奶奶已經過世了，我爸很小的時候他們就不在了，然後外婆家那邊的話也是住公寓，四十二坪。」

「原來如此，我爺爺、奶奶家是像童話故事裡才會出現的那種老舊房子，院子旁邊還有一個小倉庫，所以會把曬乾的野菜和自己釀的梅子汁放在那裡保存，頂樓陽臺上還有菜園，種著南瓜、辣椒、生菜等，我都會去幫忙採收，很好玩。不過沒有停車場這一點倒是比較不方便，上次中秋節有人把車停在爺爺家大門口前，結果車主和我爸大打出手，最後還去了一趟警局。」

海仁聽得津津有味，宛如電影情節般精彩。接著，海仁又問恩芝，還有沒有其他關於爺爺家的趣聞趣事。

「每次去爺爺家都會發現那個地方的中國人越來越多，寫著中文漢字的店家招牌也與日俱增，工作仲介、中餐廳等更是一間接著一間開，我爸都會語帶擔憂地說，再這樣下去要變成中國城了。」

「變成中國城有什麼不好嗎？」

「我爸說會危險，畢竟不曉得那些人在中國有沒有殺過人或者運過毒品，不過，假如真要這麼說，誰又知道我們家隔壁鄰居會不會是小偷或詐騙呢。」

海仁點頭同意。海仁的父親也曾有過類似的發言，說住宅區後方聚集著許多專門生產鐵條或鐵管等鐵製零件的小工廠，環境比較幽暗偏僻，而且聚集著言行舉止粗俗的勞工，所以很危險，特別吩咐海仁和母親千萬別經過那邊。

那是個新奇有趣卻很可怕的地方，也是個只想透過聽故事方式去認識的地方，截至那時為止，海仁從未想過自己有朝一日會親身住在那個地方。

恩芝的故事

恩芝升上國小六年級之後，便搬到新永鎮居住。搬家前，恩芝是和母親、外婆三人共用一間房間，本來次臥房是用來給奶奶住的，主臥房是恩芝和母親共用，但是每當母親晚下班，外婆就會代替母親躺在主臥房裡哄恩芝入睡，然後自己也不小心睡著了，所以久而久之，三個人就很自然地一起睡在主臥房裡。

搬離首爾之後，恩芝一家人找到了坪數更大且多一間房間的公寓。恩芝曾經說過想要有自己的房間，母親和外婆分別向她確認再三，「真的能自己睡？」恩芝都是充滿自信地回答沒問題，最後甚至還被問到有點厭煩。

但是搬家後的第一天晚上，恩芝抱著枕頭站在母親的房門外，悄悄地探頭進去問道：「只有今晚，我可以睡妳的房間嗎？」

坐在床上看電視的母親挪了一下身體，騰出了一旁的空位給恩芝。恩芝直接跳上床，宛如撲通一聲，跳進水池裡似的，母親用遙控器將電視關掉，和恩芝面對面側躺。

母親抱著恩芝，輕拍她的背，恩芝整個人鑽進了母親的懷裡。

「媽，對不起，讓妳上班通勤變遠了。」

「沒事啦，雖然從距離來看的確是變遠了，但其實只要走汽車專用道就會很快，所以通勤時間是差不多的。」

「但還是很抱歉。」

「幹嘛這樣想呢，我和妳爸離婚時也沒對妳感到抱歉啊。」

「那是因為妳很做自己。」

「妳要是也像我一樣做自己就不會感到抱歉了，看來這種性格是像妳爸了。」

「上個月我不是有去幫奶奶祝壽嗎？那天爸送我回家時有對我說抱歉。」

原以為母親會繼續追問「為什麼？」「然後呢？」或者趁機數落爸爸一頓，「所以之前沒離婚的時候怎麼不對女兒好一點，妳爸這人真好笑。」結果沒想到母親竟然沉默不語。

恩芝暗自心想，也許是自己說了不該說的話，於是從母親的懷裡稍微向後挪移，抬頭望向母親，發現母親已經不小心睡著了。

恩芝很喜歡嗜睡又做自己的母親，也很欣賞不容易感到抱歉的母親。

恩芝和夏恩在國小四年級時也是同班同學，當時她們只有在同學生日派對上以及等接駁車時巧遇過三、四次，實際上兩人並不熟，後來讀五年級時，雖然兩人又在教室裡重逢，但當時恩芝是和住在隔壁棟的徐妍比較要好，夏恩則是經常和同一間英文補習班的三名同學集體行動。

有一次，恩芝和夏恩剛好被安排在教室前後座位，兩人就是在那個時候變成好朋友的。

母親在網路書店買書時，獲得了一個拉鍊包書衣贈品，能夠收納各種尺寸的貼紙，恩芝把貼紙裝在裡面隨身攜帶，需要時就取出來貼在筆記本、教科書、閱讀記錄本、日記本、作業等本子上，當成插圖來使用。

恩芝在聯絡簿上寫下「準備水彩畫工具」，並在一旁貼上水彩筆和水彩盤的可愛貼紙，夏恩正好轉身回頭，注視著恩芝貼貼紙的過程。

「好漂亮！我也想要！」

恩芝大方地撕下了一張同樣圖案的貼紙，送給夏恩。

「妳可以把它貼在閱讀記錄本上喔！」

「哇！謝謝！」

過不久，夏恩送了三張亮晶晶的字母貼紙S、E、J給恩芝，恩芝將它們分別貼在聯絡簿封面上寫著宋、恩、芝三個字的上方，然後立起封面給夏恩看，夏恩表示非常漂亮。

夏恩從書包裡掏出了裝滿著貼紙的圓鼓鼓拉鍊包給恩芝看。

「我也有在蒐集貼紙。」

夏恩再取出一張滿是角色人物的立體泡棉貼紙，豪氣地整張送給恩芝，所以恩芝也大方地將自己心愛的水晶貼紙送給了夏恩。

自此之後，每到下課時間，恩芝和夏恩就會面對面而坐，一起閒聊、畫畫，也一起玩賓果遊戲。一個月後，兩人的座位雖然變遠了，但是每天早上都會相約一起去學校圖書館借書，下午則是一起在操場遊戲區先玩一會兒，才會去補習班補習。

夏恩的英文補習班同學也經常和她們一起玩，有一次還因為一口氣太多人聚集在恩芝家嬉鬧，結果被樓下住戶抗議，說她們太吵。

恩芝和夏恩相處得很好，都認為彼此很有趣，也很喜歡和對方相處。只是恩芝始終想不透，兩人的關係究竟是從何時起、因為什麼理由而出現裂痕。

夏恩每次只要遇到協調行程或決定見面地點不順利時，就會暴跳如雷，但是恩芝並沒有放在心上，反而適當地給予包容；要是覺得夏恩的反應實在過度，就會想個法子全身而退，用一些「今天外婆要我早點回家」、「我要趕回家寫補習班作業」、「突然肚子痛所以不能一起吃晚餐」等理由脫身。

某天，體育課老師安排的遂行評價[8]主題是菲律賓傳統竹子舞，每組五人，自由分組、選曲、編舞、練習並進行成果發表。竹子舞的動作並不難，是使用彈力繩帶來取代竹子，所以很方便，隨時隨地都可以練習，可是偏偏在分組那天，恩芝剛好和母親一同去旅行，所以沒去學校。

恩芝從濟州島回來時，發現夏恩和徐妍以及夏恩的英文補習班三名朋友都已經是一組了，恩芝向老師說明自己因為上一堂課沒來導致沒能分組，所以老師特別允許恩芝可以和她們湊成一組。

「老師說可以六人一組，我們一起練習吧！」

當恩芝跑向她們時，大家的表情瞬間僵掉，每個人都刻意迴避恩芝的眼神。

8　遂行評價：韓國學校的一種考試制度，除了看重考試結果，還看重學習與進步的狀況，希望學生可以真正理解觀念，並且可以用正確的觀念理解與解析題目。

過不久，夏恩才開口說道：「我們應該不能同組喔！我們五個人都已經排完舞了。」

「哎呀，就六個人一起嘛，只要把舞步再調整一下就好啦！」

尚未讀懂空氣的恩芝不以為意地回應，於是夏恩又再一次拒絕了她。

「沒辦法，再重新調整會很容易跳錯。」

這下恩芝的表情才逐漸失去笑容。朋友們紛紛離開了座位，只剩下她獨自一人尷尬無比，這時，一名女學生會長朝她走了過來。

「妳上次體育課沒來吧？要不要加入我們這組？」

「嗯！」

恩芝根本無暇詢問對方已經有幾名成員、分別是哪些人、是否已經編好舞蹈等等問題，她無條件答應，充滿感謝，也鬆了一口氣。

直到老師都做完分組評分以後，恩芝才得知原來當初是老師指派該名女學生會長邀請她成為同一組的。

結果恩芝她們那一組拿到的成績最好，夏恩被繩子絆倒了兩次，第二次甚至直接跌坐在地，用手撐著地板才有辦法起身。

夏恩滿臉錯愕，不知該如何是好，最後是同學們為她打拍子，一、二、三，才找回了節奏。

成果發表完之後，夏恩趴在書桌上哭了好一陣子，同組的其他同學紛紛圍繞在她身邊，圍成了一個圓，不停地安慰夏恩；恩芝則是過去安慰也尷尬、假裝視而不見又顯得無情，所以不停在教室裡徘徊，最後還是選擇先行離開，獨自返家。

自此之後，那五個人便不再理會恩芝，刻意避開視線，避免四目相交，也不再主動向恩芝搭話，就算恩芝主動找她們說話，也避而不答。

五個人的話其實就等於是班上女同學的一半人數，而且還是恩芝最要好的五人幫。在人數偏少的教室裡，一旦犯下一次失誤，失去一次朋友，就等於沒戲可唱。

恩芝曾經嘗試主動笑著向她們打招呼、靠近她們，也試過一本正經地詢問理由，打過電話也傳過簡訊，寫過小紙條夾在她們的課本中間，也寫過信放在她們的抽屜裡，然而，不論怎麼做都已經於事無補，得不到任何回應。

有一次，恩芝回到教室，在教室後門撞見了一名男同學，剛好彼此都要走同一邊，正當兩人躊躇不前時，男同學竟揶揄她：「我的聯絡簿上到現在，都還貼著妳送我的字母貼紙喔！」

「**我的聯絡簿上到現在都還貼著你送我的字母貼紙喔！**」這是恩芝寫給夏恩的紙條裡的一句話。恩芝感覺到自己彷彿瞬間粉碎，眼、手、頭、胸、心、呼吸都變得非常小，抓也抓不著。

原來我寫的紙條早已被同學們傳閱，就連平時和夏恩一點交集都沒有的這名男同學都有看過，可見應該全班同學都看過紙條了吧？恩芝回到自己的座位，感覺全班同學的目光都聚焦在她身上。

她不想和任何人對到眼睛，只有默默趴在書桌上，等待上課鐘聲響起。

恩芝站在學校後門口等待數學補習班接駁車到來，這時，書包「咚」的一聲好像碰到了什麼。恩芝感覺心臟突然縮成了超小一顆，全身僵硬地站在那裡一動也不動，保持凝視前方的姿勢，這時，書包又發出了「咚咚」的撞擊聲響。

「宋恩芝！」

竟然是夏恩。

「等等約了大家一起去徐妍家玩，大概四點四十五分左右吧？她們上完補習班都會過去，妳也來吧。」

竟然不是「妳要來嗎？」而是「妳也來吧。」恩芝整個人像失了魂一樣，默默點點頭。

「一定要來喔！等等見！」

夏恩開朗地一邊笑著，一邊揮手，再一個箭步重新從後門跑進學校。不同於往日，今天學校後門竟然連一輛接駁車都沒有，四下也空無一人。剛才夏恩從後門跑進學校的畫面，宛如夢境般朦朧。

恩芝打電話給母親，告訴她數學補習班下課後會到徐妍家玩。

「只有妳們一群學生的話不可以，徐妍的父母不是都在上班嗎？她們家現在有大人嗎？」

這可就不知道了。

「媽，今天一天就好，其他同學也都會去，只有我不去的話，以後會很難融入大家。」

從恩芝的嘴巴裡突然冒出了從未準備的內容，母親彷彿是在思考般，沉默了好一陣子才回答。

「知道了，下次就叫她們來我們家吧。我會打電話給外婆，告訴她今天妳要去同學家，但要記得門禁時間是六點半喔！」

恩芝暗自心想，下次要把朋友們邀請來家裡，用這種方式自然地邀約她們。原來是夏恩想要和我和好，所以才會召集所有朋友，叫我也一定要出席，因此恩芝想要用真心來回應那份難能可貴的邀約。

一上完補習班，恩芝便去了一趟位於公寓一樓的便利商店。她打開皮夾，裡面裝有母親給她的三張千元鈔，是讓她去買零食用的。

恩芝要用三千元買六個人的零食並不容易，她買好一千五百元的巧克力棒一盒，和一千兩百元的軟糖一袋時，時間已經來到四點四十分，恩芝兩手拎著巧克力棒和軟糖往徐妍家拔腿狂奔。

她按了一下門鈴，沒有任何動靜。時間顯示四點四十五分，恩芝心想，應該是朋友們都還沒從補習班下課。

她倚靠在九〇二號徐妍家的玄關大門，那扇鐵門讓她感覺到一股陰涼的氣息。隨著身上的汗水逐漸冷卻，從背部到頸部、頭部和臉部，依序逐漸降溫，不，不只是降溫，應該是變冷才對。

大熱天，恩芝在別人家門口前，兩手分別提著巧克力棒和軟糖，冷得直打哆嗦。就這樣站著等待了十分鐘左右，她忍不住再按了一次門鈴，然後「砰砰砰」用力敲門喊道：「徐妍——」

不會吧。

恩芝因為腳痠而蹲了下來，最後乾脆席地而坐。不知道過了多久，對面九〇一號住戶的玄關大門開啟，一名老奶奶探頭出來。

「孩子啊，妳是誰啊？」

恩芝感到有些錯愕，什麼話都說不出口。

「我看妳也不是這戶人家的孩子啊？」

手錶上的分針剛超過數字三，恩芝兩手捧著巧克力棒和軟糖，好不容易從地上站起身。她向奶奶頷首致意，便匆匆忙忙按下電梯按鈕。

「是來找朋友的吧？在等這戶人家的孩子嗎？」

面對老奶奶的提問，恩芝下意識地回答「不是」，奶奶不為所動，繼續追問。

「妳有試著打給朋友嗎？」

「啊，不是，我不是來找朋友的。」

眼看電梯遲遲不上來，恩芝像是落荒而逃似的走下階梯。兩手緊抓著零食顯得無比尷尬，事已至此，她反而害怕在離開的路上碰巧遇見朋友，所以她盡量把頭壓低，再次卯足全力飛也似的趕回家。

夏恩後來沒有給予任何解釋，和之前一樣對恩芝不理不睬，不做任何交談；恩芝也故作鎮定，彷彿什麼事情都沒發生過一樣。

幾天後，恩芝收到了一封簡訊。

『上次因為我受傷，趕著去醫院看醫生，所以沒能來得及通知妳。我們現在在第一商圈的頂樓陽臺，妳也來吧。』

恩芝剛好就在那棟商圈裡的英文補習班上課，只要直接上樓即可。

商圈是一棟三層樓的建築，有許多小型補習班進駐，頂樓陽臺則自然而然成了補習班老師的休息室兼吸菸區，學生們也經常蹺課躲在那裡，或者偷偷抽菸，附近的住戶總是不堪其擾，民怨四起。

擔任大樓管理負責人的一樓房仲業老闆還刻意買了一個大鎖頭掛在通往頂樓陽臺的門上，但是只有掛在門把上，並沒有將陽臺上鎖。那裡的老師、學生和房仲業老闆都經常小心翼翼地出入頂樓陽臺。

商圈頂樓有很多可怕的哥哥、姊姊，母親已經叮囑過許多次不要去頂樓陽臺……最重要的是，恩芝有預感這次夏恩應該又不在。雖然恩芝的腦海裡浮現著無數個不應該上去的理由，但恩芝還是不死心。

她想起過去和夏恩一起在公園裡玩溜滑梯，玩到忘記要去上補習班的時光，遊戲規則很簡單，猜拳猜輸的人要溜滑梯下去，再爬樓梯上來重新挑戰，兩人都為了趕快贏對方而爭相恐後，在鐵板上發出「砰砰砰」的跑步聲響。兩人會相依而坐，一起哼唱歌曲，也會一起吃著巧克力或餅乾。明明都是一些平凡互動，卻覺得格外有趣，彷彿自己成了不良學生似的，充滿著刺激和快感。

回憶起當時，恩芝的嘴角不由自主地微微上揚。

恩芝打開夏恩傳給她的簡訊，重新讀了一遍，並回覆她：『我剛上完補習班，要上去了。妳們還在嗎？』

『嗯，快來。』

恩芝深呼吸，走上了通往頂樓陽臺的樓梯。

樓梯左側有著撕毀的紙箱、老舊椅子、鐵製層架、合板等物品，東西遮住了一大半的窗戶，整條樓梯顯得幽暗陰森，感覺就像是一條通往飛行或脫軌的捷徑，使得步伐沉重。

恩芝緩緩地，盡可能緩緩地爬上去，直到站上最後一層階梯，她看見一道通往頂樓陽臺的米色鐵門，距離自己只有一步之遙。

鐵門不知道被油漆過了多少次，既厚重又粗糙。有人用一個小木塊卡在鐵門的底部，留了一條門縫，門把上還掛著鎖頭。

那條門縫約莫是一個成年人側身可以通過的寬度，可以感覺得出來那是一條不允許自由進出，也無法澈底鎖上的門縫。

恩芝側著身體，通過了那條門縫，但是抬起的左腳實在難以踩在頂樓陽臺的地板上。就在她猶豫了一會兒以後，「嗒」，她第一次站上了頂樓陽臺。

白天炎熱的氣溫讓她忽然感到窒息。

「夏恩？」

恩芝一邊喊著夏恩的名字，一邊獨自走在頂樓陽臺上。經營失敗的美術補習班看板被丟棄在陽臺角落，另外還堆放著冷氣室外機、衛星電視天線、便利商店戶外座椅用的遮陽傘、桌子和四張塑膠椅等。桌上、桌下和椅子周邊，到處可見插滿著菸蒂的鋁罐，放眼望去，絲毫不見夏恩的蹤影。

恩芝繞了頂樓陽臺一圈，確定四下無人以後，她失落地坐在遮陽傘下，原來這塊薄薄的布竟然有不錯的遮陽效果，原來大家就是坐在這裡抽菸。

悶臭的尼古丁味隨風緩緩飄來，恩芝盯著手機螢幕看了許久。內心盤算著該不該傳簡訊給夏恩，最後經過一番思考，還是選擇將手機收進了口袋。

原本閃爍潔白的心，已經像白砂糖一樣融化，黏呼呼地流淌而下。

恩芝沒有感到難過，既然已經明確知道對方的意思，就可以澈底死了這條心，她反而認為這樣也好。恩芝從塑膠椅起身，朝陽臺鐵門方向走去，長長的影子跟著恩芝的腳步一起移動，她一點也不孤單，真的沒有關係，然而，鐵門竟然是關閉的。

從樓梯走上來時明明還有留一個巴掌寬的門縫，恩芝伸出右手抓住門把，卻被燙得連忙收手。等受到驚嚇的心情稍微緩和後，她再試著重新抓住門把，用力向外推，結果鐵門只有「匡啷匡啷」地被搖晃而已，不管多麼用力都無動於衷，就算用肩膀去推撞也於事無補。

恩芝直接蹲坐在地上。

她覺得自己很沒用，也對於自己竟然會被困在頂樓陽臺上而感到十分丟臉。她把頭埋進雙膝之間，開始嚎啕大哭，她分不清是因為害怕、委屈，還是因為本來就想哭，總之就是用一種難以界定的心情在用力地拍打鐵門呼救。

恩芝原本想打電話給母親，卻突然猶豫了。

母親其實是個不常說什麼事情不能做的人，所以恩芝也很少會去做母親不允許的事情。要是被母親發現自己去了她千叮嚀、萬囑咐不准上去的頂樓陽臺，應該會十分錯愕，也會對女兒失望透頂。

恩芝又想到可以打給外婆求救，但是只要一想到外婆焦急地東奔西跑，就讓她很不放心，更何況只要一聯絡外婆，母親也會很快得知。外婆雖然不會告訴母親一些不必要的訊息，但也從來不會和恩芝有不能告訴母親的祕密。

最後，恩芝想起了夏恩，她覺得自己在這個節骨眼上竟然還會想到夏恩，也是滿好笑的。

最終，恩芝還是選擇打電話給母親。

『妳的手機還有電嗎？』

「還有百分之七十八。」

『那妳不要浪費電了，記得千萬不要靠近欄杆。沒事的，媽等一下馬上打給妳。』

恩芝聽見母親冷靜沉穩的嗓音以後安心不少，強烈的睏意突然襲捲而來，她倚在鐵門旁的牆壁上，緩緩閉上眼睛。

一定會被罵吧，算了，也的確該被罵……想著想著，就不知不覺地睡著了。

緊握在恩芝手裡的手機發出震動聲響。是媽媽嗎？恩芝想要接起電話，身體卻動彈不得，不管多麼用力，都無法從睡夢中清醒過來。

媽，媽，媽……她迷迷糊糊地說著夢話，又再度沉沉睡去。

拍打在恩芝臉頰上的冰冷手掌、英文補習班老師的臉龐、被商圈內的小兒科診所院長背起，每一個記憶片段宛如點與線的串連，其餘的時間則從恩芝的記憶裡消失不見了。

恩芝還以為自己是在家裡的房間睡午覺，彷彿上完最後一堂體育課，大汗淋漓一番過後，馬上衝回家洗澡，躺在外婆趁著孫女去上學，將窗戶打開透氣，並將房間打掃乾淨，所換好的一套剛被太陽曬過的床套組上，倒頭就睡，是沒做任何夢的高品質深度睡眠。

她聞到了淡淡的消毒水味，要是用力睜開雙眼時沒有看到母親，她應該會放聲尖叫。

「這裡是小兒科。」

「延世之愛小兒科？」

母親點點頭。

「那妳的公司呢？」

「下班啦。現在公司會比妳來得重要嗎？」

母親把手掌放在恩芝的額頭上測試體溫，再用手背貼靠在恩芝的雙頰。

「醫生說妳應該是受到驚嚇，不是中暑，好險妳剛好躲在陰影處，脈搏和體溫都正常。」

「我沒有任何不舒服。」

「還是打完點滴再回去吧，記得別跟外婆說，她會擔心。」

恩芝默默點頭。

「今天要是先讓外婆知道這件事，她應該就會告訴妳了。難道是母親凡事都會對女兒說，但是女兒不見得凡事都會對母親說？」

母親搖搖頭。

「母親本來就該知道女兒的所有事情，恩芝的事要讓媽媽知道，媽媽的事也要讓外婆知道。」

恩芝想起了許多母親不知道的事情，她暗自心想：『媽，不是那樣的，現實生活中其實有很多事情是不會對母親說的。』

不過，恩芝看著母親用溫暖祥和的眼神望著自己，實在不太好意思把心裡的實話說出口。

母親就這樣一直盯著恩芝看了許久，不停用手撫摸女兒的臉頰和手背，過了好一陣子，才終於開口問恩芝為什麼要去頂樓陽臺。

其實商圈本身是沒有裝設監視器的，但是位在通往頂樓陽臺的樓梯前剛好有一間鋼琴補習班，他們有安裝監視器，一臺監視器是對著走道，另一臺監視器則是對著補習班門口，前者雖然照不到頂樓陽臺的鐵門，但至少可以照得到有誰往樓梯方向走去。

鋼琴補習班院長猶豫了一會兒，因為過去也有不少人詢問過鋼琴補習班是否能調閱監視器畫面，來取締抽菸的學生或亂丟垃圾的人，院長都從未提供過畫面，如果是需要展開調查的案件，也會請對方拿警方的公文來調閱，但至今尚未有人這樣做過。

恩芝七歲到十一歲時，有來這間補習班學過鋼琴，母親把女兒的遭遇告訴了院長，院長表示會先確認監視器畫面再給予回覆，並將母親請回。母親以為自己應該是被院長勸退了，所以也處於半放棄的狀態。

沒想到一小時後，母親接到院長打來的電話，母親原本打算買一盒小餅乾或蛋糕捲帶過去以表心意，卻又擔心這麼做說不定會讓院長感到有負擔，所以最後決定什麼都不帶，只帶恩芝的手機和 USB 前往。

「也有可能是不小心的，以為樓上沒人所以把門關起來。」

這是院長見到恩芝母親時，說的第一句話。

「我明白會造成您的困擾，但還是多多拜託您了。」

「也不是因為會有什麼困擾……」

看院長欲言又止，母親小心翼翼地追問。

「請問是您的學生嗎？」

院長保持沉默。夏恩也曾在這間補習班學過鋼琴，母親將夏恩和恩芝兩人互傳的訊息拿給院長看，院長嘆了一口氣，將監視器畫面備份到母親的 USB 裡。

這裡是一座小鎮，不論是補習班老師還是學生，大部分都是鄰居，所以孩子們和家長之間彼此都認識，要是處理不慎，很可能扭曲事實，謠言四起，學生和補習班也很可能成為眾矢之的，但是院長反而倒過頭來安慰深感抱歉的母親。

「沒關係，我也認為這麼做才是對的。」

監視器畫面清楚錄到恩芝先低著頭、邁著沉重的步伐，一步一步走上階梯，沒過多久，夏恩和徐妍也跟著恩芝的腳步走上了階梯，然後再慌慌忙忙地衝了下來。

多虧母親迅速又有效的處理，才得以獲得如此重要的關鍵證據，這段期間，外婆也察覺到恩芝遇上了麻煩。

母親向校園暴力對策自治委員會提出申請的那天傍晚，一家人正準備吃飯，家裡的門鈴對講機卻突然響起。

對講機畫面中呈現著一名中年男子的身影，他身穿襯衫，手上提著購物袋。

母親詢問對方是誰，對方卻反問恩芝的父親在不在家。恩芝、母親和外婆三人瞬間同時感到不悅。

「請問你是誰，為什麼要找恩芝她爸？」

「我是夏恩的爸爸。」

「恩芝的父親還沒下班嗎？」

母親認為再這樣繼續透過對講機講話也不是辦法，於是打開玄關大門，後退了一步。夏恩的父親也只有走到大門邊上，雙手擺在前方，恭敬地頷首致意，將手裡提著的購物袋遞給了母親。

「很抱歉冒昧打擾了，這是一盒餅乾，我剛好前幾天去日本出差，昨天才回來，這是我排隊排很久，好不容易才買到的，嚐嚐看味道吧。不過，恩芝的父親是不是都很晚下班呢？」

恩芝的母親眉頭瞬間出現兩條短淺的直條紋。

「原來是我去日本出差也經常會買回來的餅乾，這在機場很常見啊，謝謝，不過這盒餅乾我們就先不收下了。話說回來，為什麼一直要找恩之她爸呢？」

「因為聽聞孩子們之間有一些誤會，男人們喝杯酒把話說開來應該會比較容易解決，所以才會這樣冒昧打擾。」

「有什麼話就直接對我說吧。」

母親的表情明顯不悅。夏恩父親的臉也瞬間垮掉，看起來有些為難，也有點不悅。母親又重新強調了一次：「有話請說，沒話就請回吧。而且這麼晚也沒事先約好就直接來按門鈴，我希望以後不會再有這種事情發生。」

夏恩的父親突然脫口而出「孩子們只是在鬧著玩」這句話，他表示夏恩當天只是想開個玩笑而已，沒想到大人們突然蜂擁而上，恩芝也被人扛了下來，所以她才會心生畏懼，不敢說出口。

「我們家夏恩也嚇得不輕，那天傍晚連飯都吃不下。」

這時，坐在餐桌前的外婆突然起身，用力按著心口窩，大聲喝斥。

「我們家恩芝是到現在都吃不下食物！睡也睡不著！我呢，到現在都因為這裡疼，疼到連腰桿都打不直！你說的那些話還叫人話嗎？」

其實恩芝的確是比之前沒胃口，但也不到完全吃不下食物的程度；凌晨的確變得會驚醒二、三次，但也不到完全睡不著的程度。不過聽到外婆這麼一說，恩芝也感受到自己的心口窩在隱隱作痛。

夏恩的父親用手上下掠了臉幾下，鞠躬道別後便先行離開。母親毫不客氣地「匡啷匡啷」將大門上鎖，就連輔助鎖、防盜鏈也統統扣上。

「大家真的很會用『開玩笑』來帶過，明明一點都不好笑。」

其實比起夏恩的父親以「開玩笑」來定調女兒的行為，以及奶奶表示自己的心口窩痛到腰桿都打不直，恩芝反而對於夏恩的父親不斷詢問恩芝的父親在不在家記憶猶新，在腦海中揮之不去。

夏恩受處罰的證據十足，監視器畫面、簡訊、就醫紀錄……恩芝的母親甚至還去見了住在徐妍家對面的老奶奶做錄音蒐證，母親一邊說明當時的情況，一邊將恩芝的照片遞給那位老奶奶看，據說老奶奶當下一看到照片就有立刻回應，「喔！對！我記得這孩子，她發生了什麼事嗎？」

校園暴力對策自治委員會對夏恩做出了書面道歉信、特別教育以及轉班的處分，夏恩馬上寫了一封道歉信給恩芝，然後就搬家轉學了。

信件內容以「To恩芝」為開頭，內文則是充斥著對不起、很抱歉、非常抱歉，千篇一律的致歉內容，任誰看都會認為無可挑剔、完美無缺的那種道歉文。但是不知為何，沒有任何辯解的道歉信，讓恩芝更加痛心。

恩芝每晚都會哭喊驚醒，醒來以後往往也不記得夢境內容，母親則是每晚都會抱著恩芝入睡。

「恩芝啊，妳怎麼啦？嗯？都沒事啦，怎麼了？」

「媽，我有一件事情一定要問夏恩，明天可以打一通電話給她嗎？」

母親閉起眼睛，思考了許久才回答。

「好吧，但是妳要答應我，如果夏恩對妳口出惡言，或者說一些傷人的話，妳就要馬上掛電話喔！就算她話還沒說完也要立刻掛斷，妳做得到嗎？」

隔天深夜，恩芝獨自一人躲進臥房，將房門上鎖。

她緩緩掀開一臺白色的大型摺疊手機，瞬間亮起的手機畫面裡，有著恩芝、母親和外婆三人一同面露燦爛笑容的合照。

她暗自下定決心，只嘗試撥打一通電話，要是夏恩沒有接起，就不會再撥打。於是她按下了通話鍵。

恩芝內心一直想著夏恩應該不會接起電話，不，正確來說，應該是恩芝根本不希望夏恩接起電話。

『喂？』

明明是恩芝主動撥打了這通電話，自己卻反而有點來不及反應。

「我是恩芝。」

『嗯，妳最近好嗎？』

夏恩的聲音十分平靜，甚至還很親切，讓恩芝放心許多。

「嗯，妳也好嗎？」

『嗯。』

「我有一件事情一定要問妳，所以才會打這通電話。妳能坦白回答我嗎？」

『嗯。』

「我們以前不是滿要好的嗎？可是為什麼要突然那樣對待我？我有做錯什麼事情嗎？」

夏恩不發一語。恩芝也已經按照事先寫在小抄上的內容提問完畢，無話可說。

經過一陣短暫的靜默之後，夏恩回答。

『我有想過這件事，妳其實沒有做錯什麼，就是不知道為什麼，突然很討厭妳。』

「原來如此。」

接著，又是一陣沉默。

『如果妳想問的都問完了，那我可以掛電話了嗎？』

「嗯，好，祝妳一切順利。」

『嗯，妳也是。』

恩芝先掛了電話。那是她第一次領悟到，原來自己即便沒有犯錯，也可能變得不幸，以及每個人都會被不是自願選擇的事情所影響、負責任，有時候也會不得不去面對解決。

恩芝並沒有要求向校園暴力對策自治委員會提出申請，但是在她還來不及說出自身想法之前，大人早已進行了這些流程，同樣地，夏恩應該也沒有想要搬家。

恩芝對於和夏恩之間的問題被解決而安心不少，卻又對於自己在過程中無能為力的事實感到沒自信。

講完那通電話以後，恩芝的症狀依然不見好轉，恩芝的母親決定搬離首爾，而這項決定一樣不屬於恩芝。

與人共享祕密、吐露真心，
並相信對方也是真心，
珍惜人與人之間的關係，
——筱蘭到現在都還不習慣這些事情。

在我們拉近距離的期間

國三下學期才剛開始，恩芝一邊吃著辣炒年糕，一邊神情自若地說著自己很可能會移民去雅加達。

海仁大聲驚呼：「什麼？雅加達？在菲律賓的那個雅加達？」

「雅加達是在印尼。」

「哎呦，那個不重要啦！所以是什麼時候要去？為什麼這麼突然？」

「我媽申請了公司外派雅加達的工作，下個月就會知道結果，去的機率大概是五成吧。我媽說要是移民的話，就不能在這裡畢業了。」

「真的假的？那我們的約定怎麼辦？」

「嗯……那個……假如是不得已要去其他的國家生活，這樣也算沒有遵守承諾嗎？」恩芝兩眼無神地望著情緒激動的海仁，緩緩回答。

恩芝一臉真心好奇的表情，搞得大家不知該如何回答。

不一會兒，筱蘭喃喃自語道：「難道本來有打算信守承諾嗎？」

恩芝萬萬沒想到，竟然會從筱蘭口中聽見這種顛倒是非的話。恩芝在一旁還沒來得及回過神，海仁就已經忍不住內心怒火。

「欸！妳這人怎麼這樣說話啊？是自卑感作祟嗎？羨慕人家就直說吧！」

「喂，李海仁！」

筱蘭喊了海仁一聲之後，兩人的爭吵就此偏離主題，不斷往奇怪的方向延伸。

海仁氣吁吁地找筱蘭理論，為什麼喊其他同學的名字時都是用「多允啊」、「恩芝啊」這種親切的方式稱呼，唯獨只有對海仁是連名帶姓的叫「李海仁」，然而，筱蘭堅決否認，並解釋因為自己現在是在氣頭上，所以才會一本正經地這樣叫海仁，否則連名帶姓叫人實在很尷尬，自己絕對不會對用這種方式喊對方的名字，結果沒想到這番話更是激怒了海仁。

「所以妳的意思是我在說謊嘍？」

「不是，我只是覺得也有可能是妳聽錯。」

「總之不管怎樣都是我的錯，對吧？」

此時，多允突然補了一句。

「海仁啊，筱蘭有時候也會叫我『金多允』啊。」

海仁這下變得更激動。

「妳看吧！她都說妳有時候也會叫她『金多允』了！妳明明就有連名帶姓的叫人過！」

多允長嘆了一口氣。

「海仁啊，妳完全搞錯重點了。」

一直在用小火加熱的辣炒年糕已經煮到湯汁收乾、年糕也黏在鍋底上了。

海仁先放下筷子，她對食言而肥的恩芝感到失望，也討厭對恩芝口無遮攔的筱蘭；筱蘭則是對言而無信的恩芝感到無語，對凡事喜歡護著恩芝的海仁感到不悅；多允不能理解海仁和筱蘭到底是在為何事爭吵；恩芝則認為自己無疑是化解這場紛爭的負責人。

恩芝將桌上的卡式瓦斯爐關掉，詢問大家：「要不要一起去KTV唱歌？」

恩芝想起過去也曾有過一次不愉快的經驗，但是那時大家一起去KTV唱歌，就自然化解了。

海仁並不想去，她拎起書包背在肩上，準備轉身離開，恩芝見狀連忙抓住了海仁的書包，拜託她別這樣。

「李海仁！妳要是就這樣回去，我今晚可是會失眠的喔！KTV我請客，如何？」

「來嘛，走，一起走。」

多允展現出有別於內心的熱絡態度，海仁和筱蘭則是一副勉為其難的樣子，跟著大家前往。

儘管進到 KTV 包廂，海仁依然有好長一段時間低著頭不願參與，後來是恩芝強行將麥克風塞到她手上，才開始漸漸跟著哼唱，到最後不僅親自點歌，還和朋友們四目相交、洋溢笑容。

當海仁點的歌出現時，筱蘭興奮地表示自己也很喜歡這首歌，於是兩人各拿一支麥克風，一副準備上演世紀大和解的氣氛。

然而，筱蘭唱得太投入，她的嗓門非常大，海仁的歌聲則是近似於尖叫。筱蘭臉色越來越沉，她刻意扯高嗓門，展現著不服輸的樣子，最終，兩人都忍不住用麥克風對著彼此破口大罵，嫌對方唱歌太吵。

超越界線的謾罵漫天飛舞，麥克風都是開著的，多允輪流喊了海仁和筱蘭的名字十次左右，但她們都充耳不聞。

密閉的空間、混濁的空氣、規律旋轉的七彩霓虹燈、咚吱咚吱震耳欲聾的旋律和節奏，大家呈現著魂不守舍的狀態。

恩芝一把摟住海仁的肩膀，往自己的方向拉。當恩芝「噓！」了一聲之後，海仁似乎才恢復理性，驚訝地連忙將麥克風關閉。筱蘭也隨即關上了麥克風，不一會兒，歌曲伴奏和七彩霓虹燈也相繼停止。

恩芝說了一聲對不起。

「一切都還不確定，母親申請外派也不一定會成功。」

筱蘭不以為意地笑了：「那多允也去申請京仁外語高中啊，反正申請了也不一定會上。」

莫名其妙突然被點名的多允有點不知所措，直接迴避視線，恩芝則是嘆了一口氣。

「今天車筱蘭好奇怪喔，一點都不像妳。」

海仁目不轉睛地盯著筱蘭說：「在我看來今天車筱蘭很做自己啊！」

恩芝想起了總是壓低視線、坐在角落、面無表情的筱蘭。

不太容易讓人留下印象的外表和性格，不好也不差的成績，稀鬆平常的四人家庭……恩芝總是很羨慕筱蘭的平凡，但是聽海仁這麼一說，讓她想起了一些過往片段——迴避視線的同時豎起耳朵專注聆聽、坐在角落默默舉手、偶爾有些莫名的固執——回想國一那年的校慶，之所以會把活動搞得那麼大，也都是因為筱蘭。

校內的每一個社團都必須參加校慶。電影社幾乎每一年都有舉辦展示海報活動，校慶準備則是從社課教室裡吱吱作響的置物櫃中取出海報筒開始，將紙筒裡的海報統統取出來攤開，把已經褪色泛黃的海報淘汰掉。那些海報過去只有在秋高氣爽、陽光和煦的秋天，沿著通往別館的偏僻小路張貼四天，但是逐年都會有明顯褪色。

國三學長姊都先回家，獨留國一、國二社員開會討論的那天，一臉純真地提議要不要換個方式辦活動的人正是筱蘭。

「在我看來，嗯……該怎麼說呢，其實現在已經是用4D看電影的時代，平面海報雖然不差，不對，應該說也沒什麼問題，但不太會引人注目。」

多允打開置物櫃，正在拿海報筒，卻發出了「喔喔喔——」的尖叫聲。

她本來想一口氣搬運八個海報筒，沒想到卻有幾個不小心從她懷裡滑落出去，她連忙伸手去抓，結果就連懷裡的海報筒也全數滑落在地，黑色的海報筒宛如幼犬般四處逃散。

筱蘭和海仁蹲坐在地，幫忙撿拾海報筒，恩芝則是觀察多允的小腿和腳部，關心她有沒有受傷。所有人瞬間將焦點轉移至多允身上，筱蘭的提議也就不了了之。筱蘭認為，很多情況都會莫名其妙地以多允為中心，繞著她旋轉。

等現場都收拾好之後，恩芝重新問筱蘭。

「妳剛是不是話說到一半被打斷？所以是提議不要再做海報展示，改用其他方式進行嗎？」

筱蘭緩緩點頭。多允不曉得是不是撞到了手臂，不停用左手掌揉著右手臂，海仁則是將桌上的海報筒排列整齊。

筱蘭對著雙手交叉在胸前的老師說道：「不然就是按照以往的方式進行海報展示，但是與此同時也可以新增一些活動。」

社員當中的一名國二生大聲地喊了一聲「好耶！」也不曉得是真心認為這個點子不錯，還是只是純粹想要趕快結束這場討論，但至少有一人表示贊成。

筱蘭原本緊閉雙唇，這下才微微張開，輕吐了一口氣。

老師輪流看了一下國一生這邊，並說道：「那就在下次展開社團討論前，由國一同學來負責規劃今年校慶要進行哪些活動，每個人各提三個點子，今天的討論就先到此結束。」

「只有我們要想嗎？」

老師聽聞海仁的提問笑了：「學長姊都要認真讀書啊！從今以後就由國一同學來負責。」

國二社員先從社課教室離開，只剩下四名國一生坐在原來的位子上，分別面帶不同表情、沉浸在不同情緒裡。

筱蘭先說了一句「抱歉」，並解釋自己並不是一定要改變什麼，而是以為剛才那個場合可以自由提出意見，但是她越解釋越小聲，話也說得越來越含糊不清。

海仁對恩芝說：「今天就這樣吧。」

恩芝則是猶豫了一會兒，叫筱蘭和多允一起走吧。

海仁第一個起身走了出去，恩芝和海仁走在前頭，多允和筱蘭則走在後頭，中間相隔約五、六步的距離。

「聽說我們學校去年有兩人上了外語高中，科學高中一個人都沒上。」海仁低聲抱怨。

「老師最好笑。」恩芝也同樣壓低嗓音回答。

「『學長姊都要認真讀書啊！』唉，可惜學長姊根本就不會讀書喔！」海仁模仿著老師說話的口吻，恩芝被逗得連忙用拳頭摀住嘴巴偷笑，兩人越想越覺得好笑，所以看著彼此笑了許久。

兩人的舉動看在已經落後十步左右的筱蘭眼裡，自然是不太舒服。

海仁把臉湊到恩芝的耳邊竊竊私語，接下來又換恩芝把臉湊到海仁的耳邊嘀嘀咕咕，然後兩人四目相望，突然捧腹大笑，笑到一半又停下來察看四周。

筱蘭總覺得兩人一定是在講她，就連多允也對於她們兩個人的行為有些在意。

「她們兩個還真歡樂。」

筱蘭後來覺得海仁對自己越來越不友善，每次海仁提早到社課教室，都會先用書包占據旁邊的位子，等恩芝抵達時才會拿起書包讓位子給恩芝坐；開會討論時，海仁會和大家一起吃零食，卻唯獨不吃筱蘭帶去的栗子和香腸；在走廊上巧遇筱蘭時，面對筱蘭熱情地打招呼，海仁甚至會用敬語回應「喔，您好。」

筱蘭被難以言喻的情緒籠罩，該說是生氣還是失望呢，她的心情變得越來越低落。

老師和學長姊都撒手不管的校慶活動還一籌莫展，恩芝協調好四人的時間，相約在一間新開幕的冰品店碰面，並從皮夾裡掏出了信用卡。

「大家盡量點，今天是交補習費的日子，可以刷我媽的卡！」

「可是只要一刷卡，妳媽就會收到簡訊吧？」筱蘭好奇地問道。

「今天無所謂，只要不是用在奇怪的地方或者刷太多金額就好。交補習費的日子本來就是刷媽媽信用卡的日子。」

「我媽是一刷卡，她就會立刻打來。」

「所以我才無法擅自停掉補習班啊，這根本是我媽的策略。」

不過大家也還是不好意思讓恩芝刷太多，所以只點了一份大的芒果冰。

取餐震動器一響，坐在距離取餐櫃檯最近的海仁直接起身上前領取冰品，還順便拿了幾支湯匙和餐巾紙。

當她將裝有冰品和餐具的托盤端到座位上時，不禁愣了一下。

「欸？我只拿了三支湯匙。」

瞬間，筱蘭內心很不是滋味，其實那三支湯匙並沒有指定要給誰用，海仁也不是故意只拿三支湯匙的，更不是刻意要排擠筱蘭讓她沒得吃。筱蘭也心知肚明，明知海仁不是故意的，卻還是忍不住潸然淚下。

為了不讓其他人看見她流淚，筱蘭馬上拎了書包往店外衝。雖然她內心不免期待應該會有人追出來給予安慰，但是直到最後，筱蘭都是獨自一人。

筱蘭認為自己應該要退出電影社，去年聽說也有同學成功換去其他社團，今年應該也可以。只要向電影社的指導老師說就可以了嗎？還是要問問看班導師？需不需要向社團裡的國一同學知會一聲？既然都要退出了，要不要乾脆把所有想講的話都一吐為快？筱蘭被這些煩惱搞得徹夜難眠，隔天在學校打了一整天的哈欠。

下課後，筱蘭從教室裡走了出來，多允正好站在鞋櫃旁。

多允問她有沒有空，筱蘭說等一下還要去英文補習班，所以只有十分鐘的時間。

「哪一間補習班？」

「常春藤。」

「那一起走吧，我也要去百亞大樓。」

筱蘭和多允手裡各拿一支冰棒，坐在百亞大樓一樓便利商店門口的遮陽傘下。

筱蘭不禁想起了智雅，五年級那年冬天，白雪紛飛的日子，還有和智雅一起吃的冰淇淋。智雅也很喜歡吃冰淇淋，即便是在寒冬中，仍會邊吃冰棒邊走路。現在雪梨應該是春天了吧？智雅在那邊也會吃著冰棒走路嗎？筱蘭獨自陷入沉思。

多允看著筱蘭開口說道：「她們並沒有要排擠妳或者對妳有惡意，海仁那天真的是不小心拿錯湯匙數量，妳會因此而感到受傷也是合情合理，我可以體會妳的感受，因為我也有同樣的感覺。」

「我看她跟妳滿要好的，妳們三個人也很常聊天。」

「是嗎？但她們兩個關係比較緊密，所以有時我也會覺得心裡不是很舒服。有些事情只有我不知道，只有我不懂她們在笑什麼，只有我像個局外人……恩芝其實還好，但海仁就比較……」

多允說到這裡，欲言又止。

筱蘭咬著吃完冰棒所剩下來的竹籤，細細咀嚼著多允所說的「緊密」這個詞。在幽暗密閉、播放著電影的社課教室裡，海仁和恩芝總是坐在最後一排的角落位子，而坐在她們前排的筱蘭，總是能聽到後方傳來的窸窸窣窣、摀嘴而笑的那些動靜。

筱蘭想起了血月高掛的那天傍晚，她其實也沒有任何嫉妒的感覺，或者對她們其中一人有什麼特殊情緒，但不可否認的是她感到心很累。

當竹籤從原本散發著淡淡巧克力味轉變成苦苦的紙張味時，筱蘭開口說道：「其實我原本有打算退出電影社。」

「所以我今天才要找妳聊。」

筱蘭雖然很感謝多允的好意，但她心知肚明，多允這麼做，並不是因為真的喜歡她，也不是為了她，只是不想獨自感受被排擠的滋味而已，所以也沒有多開心。筱蘭很想問多允，那天在冰店為什麼沒有追出來，她思考著究竟可以說出多少真心話，卻被多允搶先一步。

「我相信就算叫妳不要退出，妳也會選擇自己看著辦。我只是想告訴妳，妳現在的那些感受，並不是妳自己想太多，我也有同樣的感覺。總覺得要是現在不告訴妳，以後就沒機會對妳說了。」

筱蘭從椅子上起身，對多允說了一聲「走吧」。她將竹籤和包裝袋一把扔進了放在便利商店門口的垃圾桶，朝大樓入口方向走去。

筱蘭問多允：「妳要去幾樓？」

多允支支吾吾。

「幹嘛？這是不能說的祕密嗎？」

「沒有啦，其實我根本沒有事情需要來這裡，我要回家了。」

「喔、好，那妳先回去吧！」

多允擠出了一抹微笑，微微揮了揮手，接著對不太好意思的筱蘭說：「妳先進去。」

「嗯，妳先回去，我看妳離開再上去就好。」

「不用啦，快要上課了，趕快進去吧。」

筱蘭發現自己和多允搶著目送彼此離開的畫面猶如海仁和恩芝難分難捨一樣，有點害羞，但感覺還不賴。筱蘭其實對多允一直無法敞開心房，雖然不到面對海仁那般尷尬的程度，但至少現在對多允是有點好奇的。

這時，原本相距兩步之遙的多允向前跨了一步。

「我也不是很喜歡她們，尤其是海仁，但如果是我們四個人一起，應該可以相處得很好。」

多允的話一說完，就像個剛表白完的人似的倉皇而逃。

筱蘭看著越跑越遠的多允背影，低語呢喃道：「真的嗎？」

其實筱蘭根本就沒有在常春藤補習，自從和智雅失聯之後，便失去了學習的動力，她停掉了所有的補習班，也不確定自己要到何時才能回到像從前那樣的心態和日常。

筱蘭從樓梯間走到百亞大樓三樓，再重新走了下來。

筱蘭遲到了十分鐘才抵達，電影社教室裡卻只有海仁一人。

「來啦？」

從來都沒有主動搭話的海仁，竟然先向筱蘭打了聲招呼。

筱蘭簡短地回了她一句「嗯」，便拉出與海仁相隔一個座位的椅子坐下。

海仁瞥了筱蘭一眼，說道：「我本來還擔心妳退社呢。」

「為什麼？怕大家說是因為妳的關係嗎？」

「妳如果真的退社就很明顯是因為我啊。」

筱蘭同時發出了笑聲和嘆息。

「既然如此，何必那樣對我呢？」

「我並不討厭妳，而是妳太單純。」

雖然這個回答讓人聽得一頭霧水，但是筱蘭明顯感受到原本在心裡的那顆死結莫名地鬆開了，這次她沒再嘆氣，純粹笑了。她心想，原來不交談、分開坐、迴避眼神，這些都沒什麼大不了了。

這時，恩芝和多允正好打開電影社教室的門走了進來，兩人宛如活見鬼似的，驚訝到不知該如何是好。

最後他們決定用知名電影明星照做一個等身立牌，立在別館前，簡單來說就是一個拍照區。雖然海仁有嫌棄過誰會那麼幼稚去跟一個立牌合照，但是除了她以外的所有人都激動地表示當然會想要跟明星立牌合影留念。

「李海仁，妳想想看，假設有一個BTS真人比例的等身立牌，妳確定妳不會想要去合照？」

「嗯、應該會，那就做吧，最好選個可以挽著手或搭肩的那種姿勢。」

除此之外，她們也決定安排一區專門可以欣賞電影配樂和短片的地方，並取消了電影海報展示。

原本以為會沒有結論的會議，還算順利地結束。

最後真的安然無事地結束了，開會討論、那一天、那件事，統統都安然無事地度過了。筱蘭思索著「無事」這兩個字，沒有的無，事情的事，無事，也就是沒有任何事情。

有段時間，筱蘭很期待可以發生一些出乎意外的事情，每天早上一睜開眼睛就期待著會有新奇有趣的事情發生，儘管不符合期待的日子占多數，卻也沒有因此而感到失望、難過，因為只要再期待明天的到來就好。直到從某一刻開始，她反而變得希望日子能過得安然無事，所以每天都活在忐忑不安的情緒裡，就算一天順利地結束了，也會因為不曉得隔天會發生什麼事而心慌意亂。

筱蘭還記得這段時間的轉捩點，當時的她意識到自己已經不再是小朋友了。

筱蘭怎麼想都想不通，那天怎麼會和海仁兩人單獨在社課教室裡，她問了多允那天她們是不是刻意晚到，好讓她和海仁有獨處的機會，結果多允聽了哈哈大笑。

「妳果然電影看太多！」

從等身立牌的製作洽詢、音響等設備租借，到電影配樂和動畫片播放許可申請，四人分工合作，一一解決。海報製作、張貼地板箭頭標示、座位安排、簽到表列印，甚至就連打掃社課教室也被列入校慶準備事項當中。

四個人看著偶爾才會來露個臉、出一張嘴、什麼事也不做的國二學長姊，紛紛下定決心，明年也要參加電影社，並提醒自己以後千萬不要變成那種學長姊。

筱蘭把箭頭貼在地板上，她一邊哼著歌，一邊將透明膠帶貼在箭頭上，再用手「啪啪啪」用力拍打幾下，讓膠帶牢牢黏在地上。

打掃完社課教室才出來的恩芝，站在箭頭前小心翼翼地說道：「喔、喔，不錯喔，貼得不錯。不過，萬一校慶當天下雨的話，就很容易被踩濕，還是貼厚一點好了，我來吧。」

恩芝在筱蘭貼好的透明膠帶兩側又再貼了好幾層膠帶，多允從遠處看著恩芝和筱蘭，大聲喊道：「欸！箭頭之間的距離空太多了！這樣誰知道怎麼走啊，中間再多加一個箭頭吧！」

筱蘭自顧自地貼著箭頭，頭也不抬地回答：「有心要來的人都能自己想辦法找路過來。」

最終，多允在箭頭之間又多加了一個箭頭，她請海仁也一同加入貼箭頭標示的行列，但是海仁搖了搖頭，獨自走進社課教室。

「反正大家也不會照著那些箭頭走。這是當初老師要我們做才做的，不是嗎？妳們以為大家真的會乖乖照著箭頭走喔？」

四個人起了不少衝突，每個人都身心俱疲，所以面對問題時也都顯得有些反應過度。大家很容易失望、憤怒、放棄，每個人都表明了自己的底線，也瞭解彼此的底線，所以有些關係反而因此產生信賴，有些關係則因此出現裂痕。總之，在準備校慶活動的期間，筱蘭、多允、恩芝、海仁這四人，成了「整天集體行動的四人幫」。

星期三學校只有一些展覽活動，在小講堂和別館大廳展示一些木工藝、日常陶瓷器、手寫藝術字、Macrame 繩結編織等社團作品，而從校園入口處一路延伸至教室的臨時布告欄上，則展示著學生們在美術課時繪製的作品。

從星期四開始，別館美術室、會議室和料理室就有提供各種體驗活動，雖然製作環保袋、捕夢網是要收費的，但是報名人數踴躍，場場都爆滿；爸爸們親手熬煮、販售的辣炒年糕和迷你紫菜飯捲攤位也備受學生愛戴。

其中人氣最高的是數學社團的塔羅牌攤位，雖然不確定數學和塔羅牌究竟有什麼關聯性，也不曉得透過數學來解釋的內容可不可信，但還是吸引許多人來搶著算塔羅牌，長長的排隊人龍一路綿延到走廊上。多虧人潮都聚集在了別館，位於半地下室的社課教室也人滿為患。

整點播放一次的動畫片同樣備受歡迎，所有場次的票全部銷售一空，音樂賞析的攤位更是座無虛席。有別於她們當初以為只有準備期會比較忙碌、等校慶開始就會比較輕鬆的狀況，實際上國一社員要一直留守在社課教室裡，再加上因為前來觀影的人潮很多，發放電影票、帶位、整理影廳等雜事也不容小覷。

活動進行過程中甚至還發生了一件小插曲，一名在校生的父親表示自己忘記帶皮夾了，詢問能否先借一千韓元來使用。

「我是二年一班的源載爸爸，同學，我們家老么已經抓了一條紫菜飯捲來吃，我明天還會再來，一定會把錢還給妳。」

「那就麻煩您向販售紫菜飯捲的爸爸們談談看，看能不能明天再來還錢。」

「哎呀，怎麼好意思對那些爸爸問這種問題？不要這樣啦，同學，拜託妳了，就先借我一千吧，一定會還的。」

多允面有難色，原本在遠處忙著攤開摺疊椅的海仁見狀便立刻走了過來。

她一掏出口袋裡的紙鈔，這名父親就趕緊伸出手來，海仁則退後一步問道：「您是二年一班哪位同學的父親？」

「喔，源載，我是源載他爸。」

「姓什麼？」

「嗯？姓金，金源載。」

海仁把一張千元鈔票塞進了這名父親的手中，並叮囑對方一定要記得回來還錢。

對方頻頻點頭承諾，迅速離開了社課教室。

多允搖頭準備轉身離開，海仁喃喃自語地說著：「難怪賣場或餐廳一天到晚都會遇到一堆怪人。」

筱蘭再補了一句：「是啊，我媽是賣場實體通路的商品企劃，她說現場真的是什麼人都有，收銀臺和客服中心那些女士們每天工作都很辛苦，也很可憐，因為要應付這些奇奇怪怪的客人。」

多允突然噗哧一笑。

「妳稱那些阿姨為女士喔？好好笑，怎麼會用女士來稱呼，女士們。」

海仁不發一語地回到大銀幕前，繼續攤開摺疊椅。

國二學長姊用僅剩的良知購買一些零食帶來與大家一起分享，他們證實二年一班並沒有名叫源載的同學。所有人你一言、我一語，邊說邊笑：

「搞什麼嘛。」

「看來是存心要來騙錢的。」

「太莫名其妙了。」

唯獨只有海仁從頭到尾面無表情。

恩芝問海仁：「李海仁！我們要不要一起出去找那位爸爸？」

海仁保持沉默，其實她根本沒在聽恩芝說話，一直在思考關於「可憐的女士們」

這件事，比起多允說女士們這個稱呼好好笑，她更討厭筱蘭說的那句很可憐。

校慶最後一項活動「社團公演」也結束時，多允堅持獨自一人搬運人形立牌。她抱著一百八十公分以上、伸直手臂擺著搭肩動作的人形立牌，搖搖晃晃地走下樓梯，旁人看了都要替她捏一把冷汗。直到立牌順利搬進了社課教室，恩芝便鼓掌歡呼。

「根本是一對如履薄冰的情侶！」

多允用手輕拍了人形立牌的臀部。

「這三天辛苦你嘍！我的扁身男友。」

原本整齊排列的椅子已經亂成一團，仔細張貼在地板上的箭頭標示也和透明膠帶捲成了一坨，隨興地堆放在桌子上。大家好不容易整理完走出社團教室，海仁的肚子卻發出了咕嚕聲響。

四人聚集在恩芝家中舉辦披薩派對，那是校慶最後一天，也剛好是星期五，恩芝的母親親自打電話給其他家長，獲得了孩子們的過夜許可。

她們吃完恩芝外婆親自做的海鮮辣炒年糕和拳頭飯以後，難得一起玩了大富翁，這時，恩芝的母親又點了炸雞外送。四個人都表示自己已經吃很飽、吃不下了，最後還是舔著油膩膩的手指，把炸雞吃得一乾二淨，只有海仁幾乎沒怎麼吃。

恩芝問了她一句：「不吃嗎？」海仁原本想照實回答，自己其實並沒有很喜歡吃炸雞，但最終她還是以吃太多辣炒年糕為由，表示自己實在吃不下了，因為她認為這樣的回答對於恩芝的母親和同學來說，都比較委婉。

四個人超過凌晨十二點才輪流洗好澡，紛紛躺進鋪在客廳地板的墊子上。恩芝躺在最內側的墊子上，向外依序則躺著筱蘭、多允和海仁。

她們只是從最裡面的位子開始陸續躺下，也沒有人很在乎自己睡哪個位子。筱蘭因為剛好睡中間所以很是滿意，也喜歡左右兩側是她喜歡的恩芝和多允，最重要的是，恩芝和海仁難得離很遠，而且還是自然而然地將兩人拆散，這點令她特別滿意。

「終於結束啦！」海仁像是解脫似的邊打滾邊呼喊。

恩芝的外婆從房間裡走了出來，只說了一句「哎呦！小美女們好開心啊！」也沒有叫大家要小聲一點或者快點睡，默默去了一趟廁所就回房間。

大家紛紛嚷嚷著辦活動好累，明年還是展示海報就好，儘管有些後悔，卻還是開心地聊著校慶時發生的各種趣事。

「合照區出乎意料的受歡迎，許多人甚至甘願排隊等待也要合照！」

「根本沒想到動畫短片的門票會賣到售罄。」

「剛才獨自來聽電影配樂的國三學長看起來很帥！」

「到底是誰？」

「是身穿靛藍色針織外套的那位？」

「不知道，一個帥哥都沒見著，正妹學姊倒是挺多。」

「那兩位高挑的學姊？」

「對！是不是看起來很酷？」

諸如此類的話題來回了一陣子之後，大家似乎也睏了，一個接著一個變得安靜。

這時，海仁說道：「我把它放在左上方了。」

「什麼東西？」筱蘭問道。

海仁沒有回答，多允替她解釋：「她睡著了，那是在說夢話。」

大家笑了一會兒，又再度恢復安靜。

筱蘭想起了在社課教室裡吃紫菜飯捲裹腹、在角落寫補習班作業、用恩芝的口紅塗抹嘴唇的同學們，也不曉得是因為大腦轉個不停還是戀床的關係，她一直輾轉難眠。

半夢半醒間，筱蘭感受到一股溫暖的柔軟精味道，小時候坐爸爸的車回家，在車上不小心睡著，爸爸為了不吵醒筱蘭，小心翼翼地將她抱進房間裡，還幫她把棉被蓋到肩膀，明明可以感受到這一連串的過程，卻被沉沉的睡意套牢，不論怎麼努力都醒不過來的那種感覺，現在的筱蘭就是這種感受。

『話說回來，我們家的柔軟精是換香味了嗎？』她邊睡邊想，『對了！我現在在哪裡？現在幾點？』她慌張地睜開眼睛。

從未見過的圓燈、陌生的棉被觸感，右側的多允正睡得香甜，左側的恩芝卻是不見了。筱蘭猶如打開電源開關似的，整個人睡意全消，頓時意識到今天是校慶活動結束的夜晚，大家聚集在恩芝家裡玩耍，還一起打地鋪睡覺，可是她卻沒有看到恩芝。

筱蘭坐起身，黎明破曉的霞光從窗簾穿透進來，多允的額頭顯得分外飽滿。

筱蘭伸長脖子，想要確認海仁有沒有在位子上睡覺。

「妳醒啦？」

筱蘭嚇了一跳，轉頭往傳出聲音的方向看去，原來是恩芝躲在客廳角落的按摩椅上盯著筱蘭看。

筱蘭心想，雖然自己四處張望的舉動已經被恩芝看得一清二楚，但應該不至於被她讀到內心真實想法，於是故作鎮定地反問：「妳在那裡做什麼？」

「我老是睡睡醒醒，也不曉得是今天太累，還是換地方睡不習慣的關係。」

「我也是。不過還是得繼續睡吧，趕快來躺好。」

恩芝從按摩椅上起身，發出了皮革摩擦時的嘎吱聲響，走了下來，回到她原本的位子——筱蘭的旁邊——直接躲進棉被裡，並朝筱蘭的方向側躺。

她用氣音對著筱蘭竊竊私語：「跟妳說喔，我外婆每天早晚都會用那張按摩椅，但其實我才是最常坐在那張按摩椅上的人。我不會打開按摩功能，只會坐在上面，因為坐進去感覺好像被人緊緊抱住的感覺，也有外婆的味道，我很喜歡。」

「原來。」

筱蘭禮貌性地做了回應，卻突然百感交集，熱淚盈眶。

恩芝把臉湊上前，距離近到只要伸手就能碰觸到筱蘭，她和筱蘭四目相交，用細小的嗓音，對筱蘭說了一些無關緊要的話。

筱蘭當下的心情不能用「開心」兩個字來形容，而是有一種鑽進朋友們認真經營的感情圈裡，再穿過層層硬殼，進到最深處的感覺。

校慶結束後，四個人經常在恩芝的教室裡碰面。其實下課時間本來是不能去其他教室的，會被扣點數一點，但是沒有任何一名學生會在下課時間乖乖待在自己的教室。扣點項目的規範十分詳細，但是對於學生來說，似乎起不到任何威嚇作用，老師們除了扣點以外也別無他法，於是就形成了扣點規則詳細、學生漠不在乎、老師也別無他法的無限循環。

恩芝總是有許多事情可以做，她經常帶著一個便當袋大小的化妝包，裡面裝著各式各樣的化妝品、刷具、假睫毛、美甲產品、紋身貼紙、耳環、耳夾等，琳瑯滿目。同學們會在指甲上貼貼紙、戴耳夾，玩得不亦樂乎。

後來四個人面臨期末考試危機，考試範圍是一整年的上課內容。他們一直開著群組聊天室，確認彼此的讀書進度，不懂的部分也會相互提問，宛如在各自的房間一同溫習功課的感覺。被揮之不去的睏意籠罩時，會短暫瞇一下眼，拜託彼此叫醒對方；老是分心時，也會用臉書監督彼此。

多虧這段一同準備考試的時光，才發現原來多允其實是個散漫不羈的人、海仁老是喜歡去擠痘痘、恩芝習慣用低聲複誦的方式熟記內容，而筱蘭的母親很常走進她房間的事實……四人已經互相約定好了，以後也要繼續用這樣的方式一起讀書。

升上國二以後，多允和筱蘭成了同班同學，筱蘭的座位就成了她們的新據點。筱蘭很喜歡朋友們下課後聚集在她的位子上，但其實大家只是聚在一起而已，每個人都自顧自地盯著手機螢幕，不是戴著耳機聽音樂、看影片，就是在社群媒體上發文、按讚或留言。

所以筱蘭認為朋友們似乎不是很樂意待在她的位子上，難道是基於義務感而聚集在這裡？還是我這裡太無聊？她十分好奇，卻沒有開口詢問大家。

筱蘭不知道該如何問這種問題，尤其是在不傷和氣又不會讓氣氛變得尷尬的前提下，要是知道怎麼問問題，當初也就不會和智雅失聯了。

後來升上國三，多允和筱蘭依然被分配到同一班，但是四個人就再也沒有趁下課時間聚在一起了。

自從 KTV 吵架事件之後，筱蘭突然多出許多獨處的時間，而且無時無刻都戴著耳機。她戴著去年生日時拜託母親買給她的 Airpods，不論任何人問她話，她都選擇閉口不答。

在一個身邊同學們都因為素顏走進校園，此時為了化妝而手忙腳亂的早晨，筱蘭的隔壁同學拍了拍她的肩膀問道：「妳在聽什麼？」

筱蘭摘下耳機，簡短回了兩個字：「音樂。」

「真的嗎？那妳音量應該沒有調很大聲，在妳旁邊完全聽不到聲音。」

筱蘭瞬間漲紅了臉，故作鎮定地擠出了一抹微笑，又再度將耳機戴上，但她明顯感覺到心跳好快。其實筱蘭根本沒有在聽音樂，她深怕同學會問她在聽什麼歌或者也想和她一起聽，所以連忙趴在桌上。

這位同學又再輕輕拍了一下筱蘭的肩膀，筱蘭摘下耳機，用趴著的姿勢轉頭望向對方。

對方用充滿擔心的眼神問她：「妳還好嗎？」

「嗯？」

「妳真的沒事嗎？」

雖然筱蘭內心很想問「有什麼不好的？為什麼要這樣問？」但是她強忍住好奇，什麼話也沒說。

原來那天 **KTV** 裡還有其他同校的學生，而且還偏偏和筱蘭、多允同班。一名同學去了一趟洗手間回來，便聽聞包廂內透過麥克傳風傳出來的吵架聲響，於是連忙湊到門上的玻璃偷看裡面到底發生了什麼事。

隔天，學校開始盛傳總是形影不離的四人幫大吵的消息，四人當中的兩人在KTV裡尖叫謾罵，雖然不確定是誰，但是有一個人絕對是筱蘭。後來傳言如滾雪球般越滾越大——她們大吵了一架，有人大哭，互相拉扯頭髮，已經分成兩派，二對二打架，是三人攻擊一人，有人被欺負，有人被排擠……

傳言都在說，多允、恩芝和海仁依然走很近，只有筱蘭一直無法融入大家；三個人都在準備特目高中，只有筱蘭不打算申請特目高中；筱蘭從一開始就和大家格格不入之類的。後來筱蘭得知，這些傳言竟然在各個聊天群組及同學們的社群平臺上發酵，隔壁同學用憂心忡忡的表情把手機裡的聊天室對話紀錄拿給筱蘭看，最後一句話卻是「但至少車筱蘭人很好」。

筱蘭把手機還給朋友說道：「以後要是有人再討論，就麻煩告訴他們，車筱蘭是個臭婊子。」

隔壁同學愣了一下。

「瘋女人。」

「嗯，瘋女人也可以。」

對方噗哧一笑。

「看來真的沒事，算了。」

筱蘭也一笑置之，但她其實並非真的沒事。

兩年以來，四個人整天黏在一起行動，彼此的感情和主權也不斷轉移、交錯、瓜分，四個人的關係出現過大大小小的裂痕，經過一番修補後又重修舊好，各自也曾因為彼此而心灰意冷，傷透了心。當然，從表面上看起來是和平的，就如同天鵝在湖面上優雅而行，實則在水下賣力踩踏一樣。

在我們最要好的時候

國二寒假即將結束之際，恩芝提議春假要不要四個人一起去濟州島玩，因為要是升上國三，大家就再也無法放心玩耍，所以邀請其他人最後一次一同去旅行。

當所有人聽到這個提議時，只有筱蘭放聲歡呼，因為這趟旅行還有恩芝的母親同行，再加上是住在恩芝家的別墅，她認為家長應該沒有理由不允許。但是海仁和多允的表情明顯不樂觀，反而讓瞬間欣喜若狂的筱蘭顯得有些尷尬。

「我回去問問看爸媽吧，但他們可能會說沒錢所以不准我去。」

「多婷還在生病呢，我怎麼可能自己去旅行。」

筱蘭比提出這項提議的恩芝還要更尷尬。

「只要能訂到廉價航空，來回機票就可以控制在十萬韓元內，而且那邊有很多觀光景點不用付門票，到時候我們也可以買食材回去自己煮。」

聽完恩芝說的這些話，海仁笑了。

「我也想去，真的。」

「那裡有一座公園，晚上會開燈，非常漂亮，天黑以後還會在外牆上投影，超酷的喔！」

恩芝把手機放在桌子中間，從相簿中找出影片播放。四個人湊在一起，一邊看影片一邊讚嘆連連。

正當大夥兒看得正起勁時，海仁突然身體向後，退出觀看。

「啊，我不想看了，我沒錢，我們家真的很窮。」

多允也跟著將身體向後傾。

「我也無法，我妹還在生病呢，怎麼可能向媽媽開口說我要出去玩。」

四人瞬間意識到原來各自都還是有著難解的現實問題，海仁有海仁的難處，多允有多允的辛酸。

於是恩芝重新問大家：「所以其實大家都想去，對吧？那就任性一次吧，就澈底當一次不懂事、自私的壞女兒吧！唉，女兒就是太乖、太懂事，才會老是犧牲自己啊。」

「那是因為妳無牽無掛啊！」

「對啊，妳這壞女人。」

「沒差，我就當個壞女人，妳們只要當這一次壞女兒就好，幹嘛事先在那邊裝乖啊？在我看來應該都能順利得到同意啊！」

結果有別於恩芝的預期，其他三人都沒能獲得家人的同意，理由也和大家的猜測大相逕庭。海仁的母親是因為對恩芝的母親感到抱歉，光是照顧一個孩子就很不容易了，竟然要獨自帶著四個孩子出遊，實在太辛苦，雖然海仁有向母親解釋，四個孩子都已經老大不小了，不需要大人親自照料，恩芝的母親只是以監護人的身分同行，但還是無法扭轉母親的想法。

「所以如果恩芝的媽媽不去，只有我們四個一起去的話，妳就會同意嗎？」

「海仁啊，媽累了。」

多允的母親則表示，如果能得到父親同意就願意送她去，但是多允打電話詢問父親時，卻被一口回絕，父親表示不准外宿，除了有老師帶領的學校正式活動以外，二十歲前絕對禁止在外過夜，甚至叫多允別再提起此事。

「好吧，所以只要一過二十歲，我就能隨意在外過夜，對吧？」

「對，而且妳也不再能隨意踏進這個家門。」

筱蘭的父母則是以濟州島太遠、四天三夜太長為由拒絕，並試圖說服筱蘭乾脆邀請朋友們來家裡舉辦睡衣派對。

「我們家還有哥哥在欸，她們怎麼可能來我們家過夜？」

「那有什麼關係？東柱又不是癡漢！總之濟州島、睡衣派對那些的都不行，都不准！」

當恩芝得知三名同學都未能獲得家長同意時，就連恩芝的母親也改變了想法，持反對意見。她希望女兒不要讓朋友們無法靜心讀書，甚至造成其他家長的困擾，建議還是母女兩人速去速回比較好。

「那算了，我和媽媽兩個人去有什麼意思。」

「好吧，那就別去了，媽也不想去。」

說服父母澈底失敗的四個人聚在一起，表示十分難過、失望透頂，真沒想到爸爸、媽媽們會說那種話。

抱怨完一輪之後，四個人的內心都由衷希望能夠去成，因此都想要努力扭轉父母的心意。

四人相聚在一起，擬了一份行程表，從校門口機場巴士站牌集合，移動至金浦機場開始，到四天三夜濟州島景點，以及離開濟州島機場，重返校門口，按照時間順序列出動線，交通費、門票、優惠方案等資訊也全部蒐集好，所有餐點和小點心也納入行程表裡，包括餐廳地址、菜單、價格和親自烹煮時的料理方法、食材費等，都先估好金額進行試算。筱蘭和恩芝還用簡報檔製作緊急聯絡單位和緊急聯絡人的電話，用製作學校報告的心情，站在家人面前進行簡報。

恩芝的母親和外婆笑了，並反問恩芝「有這麼想去啊？」「這是誰想的點子？」「其他同學的家長是什麼反應？」

恩芝表示自己非常渴望可以和同學們一起去濟州島，這是四個人一起商討出來的點子，同學們也正在積極向自己的家人報告，還不確定結果如何。

恩芝的母親表示，等其他同學都獲得家長同意再一起出發前往濟州島。海仁承諾母親，絕對不會讓恩芝的母親辛苦照顧大家，並取得了母親的同意。

筱蘭的父母還拿不定主意，因為就連哥哥都還未有過單獨和朋友出遠門旅行的經驗，除了參加學校的畢業旅行以外。於是，筱蘭做出了最後的提議。

「我會認真讀書，重新去上英文補習班，也會按時上網路課。」

「為什麼要用讀書來談條件？」母親嘆了一口氣，走回房間。

筱蘭猶豫著要不要追隨母親進房間，但最後還是選擇放棄了。

從小只要筱蘭想要什麼或者想做什麼事，母親都一定會以讀書作為附帶條件，但是為什麼這次換筱蘭主動用同樣的方式談條件，母親反而不開心呢？她對此深感不解，走回自己的房間。

過不久，父親敲了敲她的房門。

「如果讓妳去濟州島玩，妳真的會用功讀書？重新開始去補英文？」

筱蘭點點頭。

「好吧，但是媽媽現在心情不是很好，先跟她和解再說吧。」

筱蘭這次也點點頭，她認為自己該說的都說完了，可是父親似乎還不打算離開，一直盯著筱蘭看。

「謝謝。」

「爸爸也謝謝妳。」

父親這下才調皮地揮揮手，走出房間。

筱蘭跟著走了出去，打開主臥室的房門，原本靠在床頭板上坐著滑手機的母親看見房門被打開，立刻躲進了棉被裡，整個把頭矇住。

棉被出現起伏，難道在哭？有這麼難過？筱蘭小心翼翼地將棉被拉開，結果聽見母親強忍笑意的呵呵聲響。

「媽，妳在笑嗎？不是在哭啊？」

「我沒事幹嘛哭？有什麼好哭的？」

母親反而安慰起淚眼汪汪的筱蘭。

「不管怎樣，妳真的該好好認真讀書嘍！祝妳去濟州島一路順風。」

筱蘭回到房間，打開手機，聊天群組裡已經有海仁和恩芝的訊息了，海仁先傳了「成功」兩個字，接著換恩芝傳「我也是」，並附上一隻熊在搖屁股跳舞的動態貼圖。

筱蘭猶豫著自己要不要回傳訊息，但她選擇再等一下，想看看多允的回覆再出聲，因為多允確認訊息的速度總是比別人慢。

後來等了好久，都沒有等到多允的消息，筱蘭有一種坐在牙科等候區的感覺，聽著尖銳的設備聲響，聞著陣陣飄來的消毒藥水味，尷尬的寂靜，瀰漫著一股惴惴不安。

恩芝問：『筱蘭呢？』

不得已，筱蘭才回：『可以。』

接下來就是一連串『幹嘛這麼晚才說』、『嚇死了』、『搞得我好緊張』等埋怨筱蘭的訊息接踵而至。

過了一個多小時，訊息旁的已讀人數才從二上升到三，然後再過一小時，多允才終於回覆訊息：『還是妳們三個去吧。』

筱蘭不自覺地嘆了一口氣，多允表示自己並不是沒能取得父母的同意，雖然的確會掛心妹妹，但也不全然是因為妹妹而無法參加。海仁追問所以到底是能去還是不能去，多允則以不曉得作為回答。

類似的對話不斷反覆，筱蘭看著對話視窗獨自呢喃：「所以這人到底想怎樣？」並關閉了對話。

氣溫日漸升高，短短一週內，人們的穿著從蓋到膝蓋的長版羽絨外套，轉變成薄薄的風衣外套。然而，筱蘭無法放棄當初為了去濟州島而添購的新毛呢大衣，所以索性裡面只穿一件短袖上衣，來配那件新買的大衣外套。

第一個抵達機場巴士站牌的人是筱蘭，接著換恩芝和恩芝的母親抵達，再來是海仁，最後一個到場的則是多允，多允的母親也有陪同女兒一起到車站等車。

其實最終成功說服多允出席的人是筱蘭，筱蘭告訴猶豫不決的多允，只要有一人無法參加，恩芝的母親就不會同意成行，所有人都會去不成。假如父母都已經同意妳去濟州島，那麼究竟是什麼原因讓妳舉棋不定？

後來，筱蘭將主詞改用「我們」來取代「妳」，並問了不下十次左右，「所以我們去得了濟州島嗎？」「我們能一起去旅行嗎？」「我們要去濟州島了嗎？」最終，多允才好不容易哭著點頭答應。

筱蘭不免感到有些抱歉，向多允的母親鞠躬問好。多允的母親腳踩黑色拖鞋，露出白色毛襪，親切地摸了摸筱蘭的頭，便走到恩芝的母親面前，頻頻道謝。

「多允雖然沒特別說什麼，但是看得出來她很期待，今天一早凌晨就爬起來，不停望著行李箱看，看了又看……她至今一直都因為妹妹而從未有過一趟真正的旅行，這也是她第一次搭飛機，總之，再拜託您多多關照了。」

「沒問題，請您放心，多允很聰明的。」

筱蘭在前往機場的巴士上反覆咀嚼多允母親剛才說的那番話，多允看起來很期待，「行李箱，看了又看……」妳看吧，明明自己也很想去。

筱蘭對於讓朋友們焦急萬分的多允有些埋怨，多允則是對妹妹感到十分內疚，甚至嚎啕大哭。

不停顫抖的窄小肩膀、沿著額頭邊緣結出的汗珠、額頭中間凸起的一條血管，多允現在的心情究竟是處於抱歉還是期待呢？

筱蘭突然覺得背後一陣熱，最終還是脫掉了那件新買的大衣。

一行人抵達梨湖木筏海邊。

說到濟州島，就要先去看海，尤其是冬天的海灘，行程表上的第一站就是距離機場最近的梨湖木筏海邊。恩芝的母親在一間能夠遠眺海灘的咖啡廳裡喝咖啡，孩子們則是在海邊散步、跑跳、丟擲被海浪打上岸的海帶，嬉鬧玩耍。由於天氣晴朗，遠處的漢拏山清晰可見，大海不僅湛藍，還有陽光撒在海面上，金光閃爍。

在開車前去吃晚餐的路上，筱蘭透過車窗看見一處寫著「體驗摘橘果園」。她小聲地自言自語：「應該會很有趣。」卻被坐在副駕駛座的恩芝聽見，轉過頭來伸長脖子問她在說什麼東西有趣。

「喔，剛才經過一間可以體驗摘橘子的果園，我們當初怎麼沒想到這個行程呢？說到濟州島就一定會聯想到橘子才對啊。」

「對欸，摘橘子很有趣呢！」

「妳有摘過嗎？我從來都沒摘過橘子，之前只有採過地瓜、馬鈴薯、花生，這麼說來，我只有採收過生長在泥土裡的農作物。」

恩芝的母親透過後照鏡瞄了一臉惋惜的孩子們一眼。

「那就去體驗看看吧，又不一定要照著行程表走，不是嗎？現在就迴轉回去喔！」

車子伴隨著孩子們的歡呼聲大幅迴轉。

果園老闆準備了四個提籃和四雙手套、四把園藝剪刀，分別遞給四個人。老闆開始進行解說，蒂頭要盡量剪短一點，越貼近橘子越好，這樣摘下來的橘子放在籃子裡才不容易刮傷其他橘子，並提醒大家個頭小的橘子也都是已經熟成的，所以不分大小都可以採摘，最後還不忘補充橘子皮上的白色粉末不是農藥而是營養劑，所以請大家不用擔心。

「籃子裡裝多少就可以帶走多少，現場可以讓大家無限試吃，果皮直接扔在地上就好。」

「有時間限制嗎？」

「有什麼好限制的，盡情吃吧，反正也吃不了多少。」

「我們最近很能吃喔！老闆沒有姪女或外甥女正值發育期嗎？一人至少能吃下一箱的橘子喔。」

「嗯……那還是憑良心吃好了，別忘了橘子一天建議攝取量是兩粒喔！」

老闆輪流看了四人一眼，並眨了眨眼睛，示意要大家手下留情。

一走進橘子果園，恩芝就忙著開始試吃；海仁是看見哪顆就摘哪顆，統統放進籃子裡，與此同時，嘴巴也沒閒著，直接現摘現吃；多允是選擇將個頭較大的橘子放進籃子裡，個頭較小、形狀較醜的橘子則被她剝開來放入口中；筱蘭只選圓滾滾、漂亮的橘子，小心翼翼地剪掉蒂頭，一個個輕放在籃子裡。

多允嘴巴裡塞滿了橘子，露齒微笑，恩芝滿臉驚恐地看著她，於是多允連忙一口吞下口中的橘子說道：「我怎麼想都覺得這個情境有夠好笑，竟然在原先根本就沒安排的果園裡，吃著橘子填飽肚子，而且還非常好吃，這應該是我這輩子吃過最好吃的橘子。」接著又轉頭向筱蘭說道，「所以車筱蘭，妳也先試吃幾粒再說。」

筱蘭這下才從籃子裡拿起一顆橘子，剝掉外皮，將果肉一口塞進嘴巴裡。

筱蘭的眼睛隨著咀嚼的動作逐漸變大，多允「噗哧」笑了一聲，詢問筱蘭是不是很好吃？

筱蘭奮力點頭，並好奇地詢問：「這和我們在超市裡買的橘子品種不一樣嗎？」

「一樣啊。」

「那為什麼這裡的橘子特別好吃？」

海仁回答：「因為是在果園裡現摘現吃啊。」

這次換多允用一臉認真的表情回答：「因為沒有期待，沒有預先設想，也不在計畫中的關係。」

恩芝搖搖頭。

「之前我媽有說過，超市裡販售的橘子通常都是在呈現綠色、還未熟成時就先摘下來，是透過配送期間自行熟成的，所以和這種一直長在樹上接受陽光照射，直到採摘前最後一刻都吸飽營養熟成的橘子自然不同。」

海仁笑著輕推了一下恩芝的肩膀。

「多允難得說了一番感性的話，妳幹嘛這麼認真回答。」

晝短夜長，太陽很早就下山了，和煦的橘紅色夕陽在樹木間綻放光芒。

筱蘭摘下一顆圓滾飽滿的橘子，一邊旋轉一邊用衣袖將灰塵擦乾淨。擦完以後，橘子的外皮顯得更充滿光澤，根本捨不得吃。

筱蘭的腦海裡一直圍繞著剛才恩芝說的那番話——呈現綠色、還未熟成就先摘下來，透過配送期間自行熟成的橘子，以及一直長在樹上接受陽光照射，直到採摘前最後一刻都吸飽營養熟成的橘子。

有些果實，是在已經截斷的樹枝上吸收有限的營養熟成，那麼我和妳們，分別更像哪一種果實呢？

一行人在果園老闆推薦的中餐廳裡吃了海鮮炒馬麵以後，便前往夜宿的地方——恩芝家的別墅。

關上燈，四個人排排躺好，沒頭沒尾地細數著今日所見所聞、吃到、買到、想到的東西，海很清澈，沙很黑，不在計畫內的摘橘果園也很有趣。

前不久剛去了一趟釜山的筱蘭表示，一出釜山火車站就會有濃濃的海水味撲鼻而來，但是一出濟州島機場，卻沒有聞到任何味道，十分神奇。

「但有椰子樹迎接妳啊。」

「看來是為了不讓遊客失望所以種了幾顆椰子樹。」

「炒馬麵裡有好多海鮮，果然提到炒馬麵就會想到濟州島。」

「是提到濟州島就會想到炒馬麵吧。」

雖然一群人針對濟州島和炒馬麵展開了一番喋喋不休的短暫爭吵，但最終還是沒有結論地結束了這個話題。

多允接著表示驚訝，原來飛機上的空間又小又冷。

「這是我第一次搭飛機，原以為在飛機上看書看到一半會不小心睡著，空姐會來幫忙關燈、蓋毛毯，就跟航空公司廣告裡呈現的那樣。」

「像連續劇裡出現的那樣？」

「商務艙位子會大一點嗎？誰搭過商務艙？」

「可能要搭到頭等艙才會有多允期待的那種畫面出現喔！」

「多允啊，妳將來一定要出人頭地，然後搭頭等艙出國，我看我這輩子是沒希望了。」

多允默默說了一句：「到時候要是多婷也能和我一起到處飛該有多好。」

躺在旁邊的恩芝一把摟住多允，直接朝她的臉頰親了上去，發出響亮的親吻聲。

「哎呀，我們的金多允，要是少一點善解人意該有多好。」

筱蘭聽恩芝這麼一說，便想起某個畫面。那是在某個初冬的體育課，老師看著多允漲紅的額頭和臉頰，擔心地用手背測了一下溫度。

「多允先去保健室吃一顆退燒藥，這堂課就先休息吧。」

多允整個午餐時間都把羽絨外套上的帽子蓋住頭部，筱蘭心想，正是因為把整張臉包緊緊才會熱得發燙。她認為多允只是想要趁機休息，所以才會故意把自己的體溫搞得很熱。多允真的有拿到退燒藥嗎？她有吃嗎？

體育老師把多允送回教室以後，便回到同學們身邊一邊喊口令一邊陪大家跑步。筱蘭很喜歡這位體育老師，老師用她那雙筆直的長腿大步奔跑，提升速度，因為她身高一百七十公分，可以俯瞰大部分的同學，只要每到體育課，就能比那些態度傲慢的田徑隊學生跑得快，她還能用修長的手指單手撿起籃球，再加上高綁的馬尾會隨著跑步輕巧地左右晃動，這些模樣看在筱蘭眼裡都很賞心悅目。

但是體育老師並不知道筱蘭，包括筱蘭的名字、長相和存在本身，應該都不曉得。筱蘭並沒有在盤球時為了將失控的球追回來而成為班上同學的笑柄，也沒有在測試身體柔軟度時發出痛苦呻吟，更沒有用充滿叛逆的眼神從百米外走來；表現不到十分傑出也不到慘不忍睹，就只是平庸無奇的無數名學生之一，多允在體育課上的表現也差不多是如此，但是老師只認得多允，對筱蘭卻毫無印象。

功課好的孩子、乖巧懂事又惹人憐的孩子、讓人不放心的孩子，筱蘭認為聰明的多允不可能不知道大家對她的這些評語，但是看不出來她有想要拋開這些關注與同情的樣子，畢竟大家都知道她、關照她，也沒什麼不好。

直到班上同學都回到教室裡，下一堂課的上課鐘聲響起，多允才一臉慘白地回到教室。

坐在附近的同學們紛紛上前關心：「妳還好嗎？」

「剛才是發燒，這次是畏寒，可能是感冒引起的全身痠痛。」

多允連忙披上羽絨外套，坐在後座的同學協助她將卡住的外套袖子順開，好讓多允方便穿上。

多允轉過身，用唇語說了一聲「謝、謝」，後座同學送上一抹微笑作為回應。

多允重新轉回去，恰巧和正在目不轉睛盯著她看的筱蘭四目相交，這次換筱蘭用唇語對著她問「還、好、嗎？」多允點點頭，又作出了「謝、謝」的嘴形。

濟州島旅行最後一晚，恩芝的母親叫了炸雞給孩子們吃。

「別吵架、別喝酒，我都已經確認過冰箱裡有幾瓶啤酒嘍！」

恩芝的母親結完帳便走回自己的房間，留下孩子們面面相覷，氣氛顯得有些尷尬。

筱蘭不停對著只有無線電視臺的電視機轉臺，還環顧了一下客廳，暗自心想，我們家是三十四坪，這裡的客廳和我們家的差不多大，雖然只有兩個房間，但是都比我們家的寬敞，庭院也大概是建築物的四倍左右？想著想著，她還是決定放棄了，就算知道這裡多寬敞、多高級又怎樣，我又不是因為這棟別墅而羨慕恩芝。

恩芝面對初次品嘗的食物也會毫不猶豫地直接放入口中、迷路也會笑著掉頭走回來，發現朋友緊張疲憊時會在後面推她們一把，也會幫忙撐著書包、逗大家笑。這幾天朝夕相處下來，筱蘭一直都很羨慕這樣的恩芝，包括她和母親情同姊妹的部分也是，都會讓筱蘭不禁心想，我和我媽也有辦法變得那麼要好嗎？

電視獨自喧嘩，海仁低頭滑手機，恩芝和多允一邊吃著炸雞一邊聊學校、同學、補習班的事情，誰和誰分手了、上次那件事情鬧到校園暴力對策自治委員會去了、常春藤美語補習班院長和隔壁的小兒科院長有婚外情等。她們的對話沒有往來，一方說完另一方並不會補充或者提問，只以「原來如此」作回應。兩人之間的談話一直像斷掉的義大利麵條，隨意拋出話題，又草草以句點收尾。

海仁放下手機，將身體緊貼在桌邊。她拿起僅剩的一隻雞腿，心不在焉地咬了一口。她瞬間睜大眼睛，重新坐直，兩手抓緊雞腿，開始仔細啃咬每一塊肉，幾乎是以迅雷不及掩耳的速度將整根雞腿吃得精光。

「這也太好吃了吧！」

恩芝笑了。

「這不是理所當然的事嗎？幹嘛那麼驚訝，炸雞本來就很好吃啊。」

「我媽每次都說炸雞是用油炸的，對身體不健康，所以只做烤雞給我吃，而且自從搬家把烤箱賣給別人以後，我連烤雞都沒得吃。或許是因為我很少吃炸雞，所以一直不曉得油膩膩的炸雞到底有什麼好吃，不過，這未免也太好吃了吧，我怎麼都不知道這東西這麼好吃？」

海仁又拿起了另一塊炸雞，吃得津津有味，還吐出了細長的骨頭。不過，就在這時，海仁突然把頭低下，筱蘭見狀錯愕不已，連忙問海仁。

「妳哭了？」

海仁鼻頭泛紅，搖了搖頭。

「實在太幸運了，如此美味的食物，讓我也體會到世上所有人都知道的事情。」

三個人看著面對一隻雞腿略顯認真的海仁，一方面覺得好笑，一方面也倍感憐惜。所有人都不知道該笑還是該哭，反而是恩芝突然講起自己為什麼會搬到新永鎮的理由。那是大家第一次聽說，也從未猜想過的內容。

聽完以後，所有人都沒有回應，筱蘭則是逐漸感到噁心反胃。與人共享祕密，吐露真心，並相信對方是真心，珍惜人與人之間的關係——筱蘭到現在都還很不習慣這些事情。於是筱蘭也猶豫了一會兒，決定說出自己的內心話。

「其實我一開始認為妳們是怪人。」

「為什麼？」

「因為加入了電影社啊。」

「妳自己不也是。」

恩芝似乎感受到氣氛變得有點嚴肅，連忙轉移話題。

「我們現在能這樣齊聚一堂，其實都是多虧多允啊。」

「應該是多虧便利商店的冰棒吧。」

「但是問題出在李海仁。」

「沒錯，問題出在我身上。」

海仁和恩芝一搭一唱地說著，多允則在一旁呵呵竊笑。

筱蘭認為一點也不有趣，難道是在說她和多允當初在便利商店前吃著冰棒聊到的那些內容嗎？那些內容為什麼會被海仁和恩芝知道？為了避免讓人誤以為自己在生氣或者在質問，筱蘭小心翼翼地開口詢問，是不是三人套好招的事情？原本整個人倚靠在牆上的多允急忙坐直說明。

「是後來剛好有聊到，所以我就跟她們說了，而且是在事後好幾個月才說的，絕對不是三個人事先套好招的，千萬別誤會。」

筱蘭的內心早已揉成一團，但她依舊口是心非地說著自己只是純粹好奇，並擠出了一抹微笑。可能是因為刻意微笑的關係，右臉頰有微微顫抖。國一時覺得只有自己被孤立的那種感覺，原本以為已經消失無蹤了，沒想到又突然出現將筱蘭團團包圍。

每個人都說著不想回家、不想和大家分開、上了國三也要一起參加電影社、上了高中以後也要繼續保持聯繫，後來甚至聊到了一起上同一所高中的話題，於是這項天大的承諾也就此展開。

那天傍晚，從別墅庭院抬頭仰望的月亮又圓又亮，筱蘭想起了血月高掛的那晚。

「大家快看天空，月亮是不是很大？」

另外三人同時抬頭望向天空。

「哇！真的欸！」

「感覺離我們好近！」

只有海仁的反應顯得比較冷淡。

「月亮在我家那邊也看得到啊。」

「是啊，在濟州島看得到，在我家那邊也看得到，在雪梨也看得到。」

「怎麼突然說到雪梨？」

「沒啦，就只是隨口說說而已。」

筱蘭暗自心想，以後要是再遇見明月高掛夜空的傍晚，想起的回憶就不再會是血月，而是這趟旅程也不一定。

她發現這項迫切渴望、糾纏不清、驚險萬分的約定，很可能會因為選擇遵守與否而澈底翻轉日後上哪一所大學、將來出路、未來發展，甚至是整個人生。不能說是明知山有虎，偏向虎山行，就只是瞬間產生的種種情愫與衡量之下，所締造出的結果。

那是年僅十六歲，夜晚，四人共度的第一趟旅行。某種程度上來說，的確是一項衝動的判斷，但並不代表什麼都不是，也不代表並非出自於真心。

「就只是覺得，
怎麼連拍一張如此陽春的照片都這麼困難。」
三人聽完筱蘭的回答，
都露出了和筱蘭相似的表情；
先嘆一口氣，再皺一下眉，
最後再傻笑。

重來，開學典禮

「筱蘭！」

光聽聲音就知道是誰，包括她的手勢、表情、看向何處，都能知道。

筱蘭的心軟了下來，就像校慶結束的那天晚上一樣，也像一起埋藏時空膠囊的那天傍晚一樣，朦朧而不切實際。

筱蘭回頭張望，高舉手臂，奮力揮動。

「看到了！別再揮了！」

然而，筱蘭沒有停止揮手，恩芝大步跑向筱蘭，她那一頭茂密的短髮在耳邊活潑跳動，越靠近也越清晰。

「幾班？」

「二班。」

「就在隔壁欸，下課見！」

恩芝往二班方向走去，走到一半停下腳步回頭說道：「這身校服很適合妳，比國中校服好看太多。」

「妳也很漂亮。」

「我本來就漂亮。」

筱蘭吐舌假裝嘔吐，恩芝卻毫不在意地大搖大擺轉身離去。

她們兩人都有把新永鎮高中填作第一志願，也如願分發到第一志願。一開始筱蘭的母親並不是很滿意，但最終還是選擇尊重女兒的意見──認為把在校表現的成績顧好即可。然而，問題在於被取消佳嵐女高申請資格、身分證上的戶籍地址也重新還原的海仁，和京仁外語高中落榜的多允，這兩人雖然都有將新永鎮高中填為第二志願，卻不保證一定會被分發進去。

筱蘭和恩芝走進每一個班級教室，四處打聽每個人填寫的志願，並自行估算以新永鎮高中為志願的人有多少。

反觀海仁則是一副天下太平的樣子，她表示反正當初又不是為了上高中而搬來新永鎮，不論如何一定都會被分發到填寫的志願學校，就算最後沒有被分發到新永鎮高中，任何一間高中也都會比新永鎮高中好，並暗自竊笑。

多允嘴巴上也說著一切都會順利，但其實她正在暗自打聽周遭有無招生數未滿的特目高中，甚至已經想好萬一不幸被分發到不甚滿意的高中，那就先辦理入學手續，再轉學到還有名額的特目高中也無所謂。

所幸今年似乎也沒有多少人選填新永鎮高中，最終，海仁和多允也都被分發到新永鎮高中。海仁一臉淡定，多允則是潸然淚下，都怪恩芝去開她玩笑的關係。

「誰都不想讀的學校，有什麼好要開心到哭出來的啊？喔——我知道了，一定是因為能和我讀同一間學校所以喜極而泣，對吧？」

多允一邊流淚一邊忍不住笑了出來，筱蘭也輕拍多允的肩膀給予安慰，只有海仁依舊保持淡定。

「人家可能是因為不喜歡所以哭啊，沒想到竟然真的上了新永鎮高中，又得和我們這幾個黏在一起，應該是因為這樣所以哭的吧？」

多允嘆了一口氣，斜眼瞪了海仁一眼，海仁內心抖了一下。

「哎呀！我是開玩笑的！」

然後尚赫也被分發到新永鎮高中了，這是海仁本來就知道的事情。多允這次也以「什麼，管他的」做回應，筱蘭也一起笑了，卻感覺到腰間在隱隱作痛。

『還是不要和尚赫走太近好了。』

然而，誤會、情感、關係也就此延續。

所有人都被分到了不同班。原以為這是一間規模不大的學校，一個年級只有五個班，所以滿心期待至少有兩人會被分到同一班，結果沒想到四個人竟然被完美拆散。

開學典禮結束後，筱蘭、海仁、恩芝、多允按照約定在校門口集合。雖然現場聚集著滿臉新奇、東張西望的新生和家長們，以及發放補習班傳單的工作人員，校門口人潮擁擠卻也無可奈何，因為四個人最清楚知道的場所還是只有校門口而已。

四個女孩一見到彼此，便欣喜若狂地歡慶重逢，但是另一方面又對於彼此身穿的新校服感到有點不太習慣，所以各個都噘著嘴、強忍著笑意。

先去吃辣炒年糕吃到飽，再去投幣式KTV唱歌，如果還有多餘的時間就去地下街逛服飾店，或者去逛附近的百貨公司，假如再有剩下的時間和金錢，就去看一場電影。四個人不外乎就是這樣的行程，只要有人提議，其他人就會一窩蜂地跟隨，但是今天不曉得為什麼，誰都沒當那個第一個提議的人，一個不停用運動鞋頭在輕敲泥地，另一個一直拉緊書包肩帶，還有一個是在撕咬嘴唇上的死皮。

筱蘭對著她們三個人說：「我們要不要一起來拍個照？」

「什麼照？」

「開學紀念照。」

海仁一臉抗拒，緩緩向後退。

多允盡可能將頭向後仰，露出喉結，張嘴大笑。

「妳們有聽見嗎？這人在說什麼啊？車筱蘭是不是瘋了啊！」

筱蘭也不好意思地笑了。

當時不發一語、只有輪流張望三個人的恩芝突然說道：「一起拍個照不錯啊，怎麼了？」

已經慘遭無情拒絕的提議，竟然被恩芝當場毫不猶豫也不害臊地重新提起，海仁正是欣賞恩芝這份特質，多允則是對於這樣的恩芝感到神奇，筱蘭更是投以羨慕眼光。

當其他人猶豫不決的期間，恩芝泰然自若地轉身走進校內，留下滿臉錯愕的三個人，一邊嘟囔著「什麼啊？她要去哪裡？」一邊連忙跟上。

「喂！妳要去哪裡？」

恩芝回頭一看，用一副「幹嘛問這麼理所當然的問題」的口吻回答。

「禮堂。」

「為什麼？」

「拍照啊。」

「站在這裡拍不就好了？」

「就是啊，幹嘛特地去禮堂？還要走這條上坡路。」

拍照儼然已經變成所有人都同意的事情，討論的議題不知不覺也換成了「有一定要去禮堂拍照嗎？」在不停抱怨的過程中，四個人也已經走到了禮堂門口。

恩芝用手指了指寫有「賀入學」三個字的立牌，那三個字是以三角形構圖所排列呈現的。

「快來這裡站好。」

三人紛紛站到立牌前，恩芝用手指揮朋友們站定位置。

「妳把字擋住了啦！要露出賀入學三個字和學校名字才行，筱蘭再往左邊站一點，海仁再貼近多允一些。」

喀嚓、喀嚓、喀嚓、喀嚓、喀嚓、喀嚓，恩芝連拍了好幾張照片，多允則表示「夠了，可以了。」拍照姿勢略顯僵硬的三個人稍微分散開來以後，恩芝環顧了一下周遭，突然往別館方向跑去。

她靠近一名貌似是教師的大人，說了幾句話以後，便向對方頻頻頷首致意，再一同走了回來。

恩芝把自己的手機交給這位老師，然後連忙站到立牌前，海仁、多允和筱蘭也發現了恩芝的意圖，連忙重新站回立牌旁。

老師透過手機畫面看著四人紛紛重回畫面當中，但是歪了歪頭說：「靠近中間的兩位要站分開一點喔！賀入學三個字有點被擋住了。」

恩芝稍早也有做過類似的提醒，海仁和多允相視而笑，趕緊移動腳步，重新就定位置。

「表情可以開朗一點嗎？就算是梨花學堂入學照也找不到這麼僵硬的表情喔！」

被老師這麼一說，所有人瞬間噴笑，有仰天大笑的，有用拳頭遮住嘴巴的，有按住衣領的，也有笑倒在身邊朋友肩膀上的，孩子們按照各自的習慣笑著，而老師則是比恩芝還要認真又快速地按下了快門鍵。

當老師把手機歸還給恩芝準備轉身離開時，四顆頭就馬上湊到了小小的手機螢幕前觀看，「讓我看看、妳為什麼要閉眼睛、這張太好笑……」諸如此類的簡短評語，宛如從麻袋裡傾瀉而出的穀物一般滔滔不絕。

「照片記得傳給我。」

「嗯，我傳到群組聊天室裡。」

「不能因為妳被拍得不好看就不傳給我們喔！要把所有照片全部傳過來。」

「好啦，知道了。」

「哎呦！剛才不是說不想拍？」

「那是剛才。」

恩芝邊走邊把照片傳到群組聊天室裡，海仁擔心恩芝走路不注意會被絆倒，直接湊上前去挽住她的手臂。

「最後一張拍得不錯。」

照片背景是禮堂的深褐色磚牆，寫著「賀入學」的及腰立牌兩側分別站著兩個人，左邊是恩芝和海仁在相視而笑，右邊的多允則是在仰天大笑，一旁的筱蘭則是把手搭在多允的肩膀上笑著。

她們的前面有兩層臺階，下面那層剛好連著一個種滿五顏六色花朵的大花圃，四個人不是站在照片的正中央，而是位在稍微偏右下角的構圖。雖然是被瞬間捕捉到非常自然的情景，但是和一般刻意營造出來的自然風格照所使用的構圖、表情、背景都如出一轍，所以也顯得有些做作。

筱蘭用右手食指和中指將照片放大，輪流端詳四人的表情，然後再縮小成原始大小，重新看了整張照片呈現出來的效果，不禁莞爾。

直到海仁問她「笑什麼？」之前，她都不曉得原來自己一直在笑。

「就只是覺得，怎麼連拍一張如此陽春的照片都這麼困難。」

三人聽完筱蘭的回答，都露出了和筱蘭相似的表情：先嘆一口氣，再皺一下眉，最後再莞爾一笑。

恩芝用大拇指將照片裡的自己臉遮住，「我啊，差一點，就不在這裡了。」

每個人都有各自的衡量和打算。
濟州島那天傍晚許下的承諾固然重要，
卻也好像是最不重要的。
所有人都只是選擇了對自己最好的決定。

重來，恩芝的故事

國三那年，恩芝和海仁在同一間數學補習班補習，每個星期五補習完之後，都會照慣例買辣炒年糕或三明治來吃，然後再一起去公園玩耍，或者到附近的購物中心逛街。她們會去服飾店試穿一堆根本不會買的衣服，在書店裡偷偷用手機拍下雜誌裡的男團照，在彩妝店試用指甲油或唇釉，最後還會去飾品店裡挑選最華麗的髮夾別在頭髮上自拍，直到被店員制止才肯善罷甘休。

雖然這些行為不算脫序，但還是不會想讓母親知道。

那天，恩芝和海仁一如往常地在逛街，站在書店裡翻閱沒有被封裝的漫畫，遊走在地下賣場裡盡情試吃。正當她們將盛放在免洗燒酒紙杯裡的炸醬麵倒入口中時，海仁剛好和過去住在同一棟公寓樓上的鄰居阿姨四目相對。

「喔？妳不是那個……海仁嗎？」

海仁連咬都沒咬，就直接將那口麵吞下，連忙鞠躬問好。

「妳怎麼會在這裡？」

「喔！我是來買文具的，然後就……」

恩芝眼看海仁支支吾吾，也連忙跟著把試吃杯放下，用舌頭舔了一下嘴唇。

鄰居阿姨輪流看了一下兩人，於是對著海仁說：「我剛才在書店也有看到妳欸。」

「喔、對，剛才有去逛一下習題本。」

「是喔？那邊是習題區嗎？不過我上週五也有看到妳們，妳們坐在這棟的四樓戶外。」

海仁急忙喚醒上週五的記憶，那天都做了哪些事？在四樓咖啡廳？啊！什麼事也沒做。恩芝和海仁那天身上一毛錢都沒有，所以選了一個適合伴裝成顧客偷坐休息的四樓咖啡廳戶外座位，在那裡各自滑手機、一起聽音樂、在筆記本上塗鴉，坐了好長一段時間，最後閒聊了一會兒便各自返家。

海仁鬆了一口氣，慶幸著自己那天什麼事也沒做，但那位阿姨似乎不是這麼想的。

「為什麼要整天在外遊蕩，不直接回家呢？妳媽應該會很擔心喔！」

那天傍晚，母親走進海仁的房間，望著書櫃，嘆聲連連。

「媽，怎麼了？有什麼東西不見了嗎？為什麼一直嘆氣？」

「我剛才有嘆氣嗎？」

母親表示，以前住在同一棟公寓樓上的鄰居阿姨打來，然後又用一臉疲倦的表情對著海仁說：「不能因為我們家變成這樣，連妳也那樣喔。」

隱藏在「這樣」和「那樣」裡面的諸多涵義瞬間重壓在海仁的肩上，讓她倍感疲倦。母親還沒聽見海仁的回答，就走了出去，隨即，海仁就收到了恩芝傳來的手機訊息。

『我媽叫我不要靠試吃解決晚餐呵呵』

難道是我媽聯絡了恩芝的母親？海仁因為過於憤怒、覺得丟臉，耳朵到頸部都瞬間漲紅。

『不好意思，我媽應該是瘋了，真的很抱歉。』

『怎麼了？』

『妳有被罵嗎？對不起。』

『沒有啦，應該只是擔心我們沒吃飽。』

『誰？妳媽還是我媽？』

『總之，我媽是叫我要好好去吃晚餐，不要靠試吃來填飽肚子。』

想也知道，樓上鄰居阿姨絕對會用諷刺或誇張的方式，向母親傳遞「在賣場裡巧遇海仁和她同學」的訊息，但是這些內容經過海仁的母親、恩芝的母親、恩芝，再回到海仁耳裡，竟然成了大人們純粹的擔心，不帶任何不悅及不安。

恩芝又傳來訊息。

『外婆說下週五補習結束後叫妳也一起來我們家，她要煮人參雞湯給我們吃。』

自從去吃了那頓人參雞湯以後，海仁每週五晚上都會在恩芝家裡吃她外婆煮的晚餐，並在恩芝家裡玩，待在恩芝家的時間也越來越長。恩芝的母親有時加班完，拖著疲憊的身軀、臉色黯沉地回到家，會以天色已暗、外面危險為由開車送海仁回家，有時也會喝得醉醺醺、搖搖晃晃地走進家門，以隔天反正是假日為由，叫海仁乾脆直接留宿一晚再回去，還幫忙致電給恩芝的母親徵求同意。

一開始海仁的母親還有責罵女兒，叫她立刻回家，也會送一些水果或肉品給恩芝的母親，後來有一次，兩位母親小酌了兩杯，也不曉得當時她們都聊了些什麼，自此之後，母親就變得無條件同意海仁週五去恩芝家玩。

「媽，為什麼最近都不阻止我去恩芝家了呢？」

「讓妳也休息一下啊。」

「不是讓我去玩，是讓我去休息？」

「妳每天都要準備尚民的晚餐很辛苦啊。」

由於父母經常晚歸，所以幾乎每天都是海仁負責張羅弟弟的晚餐。補習班晚下課的日子，甚至才剛回到家連鞋子都來不及脫，弟弟尚民就已經在抱怨肚子餓了。有時海仁會看弟弟可憐，身上的校服都還沒換下來，就先幫弟弟準備晚餐；有時則是看弟弟討厭，直接將書包扔在地上，又重新走出家門。

海仁對於這樣的生活感到既厭惡又可憐，所以經常在盛飯的時候暗自落淚，或者沒帶手機、錢包就衝出家門，什麼事都做不了，只能獨自遊走在街道上哭泣。

原來母親都知道這些事情。

「還以為妳會叫我要好好幫弟弟準備晚餐。」

「一個星期隨便吃一餐也不會死。」

可是恩芝的母親叫女兒要記得好好吃晚餐，不要隨便吃。其實以前海仁的母親也是這樣的想法，認為泡麵或漢堡是絕對不能當正餐來吃的，並強調外食都會放許多味精，對身體不健康。然而，原本是這種觀念的母親，竟然變成每到早晨就急忙將千元鈔票塞進孩子手中，叫孩子去補習班前買個三角飯糰墊墊胃，告訴孩子即使隨便吃一餐也不會死，看來人類的思維、發言、行為都會隨時改變，而且誰都不曉得何時會變成什麼模樣。

海仁心知肚明，這並不代表恩芝的母親比較好，自己的母親比較不負責任，但她也心知肚明，不是每個人都會和她一樣這樣想。

每到週五，海仁就會多帶一套內衣褲去上學，晚餐吃完大醬湯、泡菜炒飯或辣燉雞以後，會和恩芝一起寫作業，等恩芝的母親下班回來，又會再吃她買回來的鯛魚燒或辣炒年糕當消夜。甚至到後來，四個人會一同肩並肩坐在電視機前追連續劇，等恩芝的外婆和母親相繼打起哈欠、回到各自的房間之後，恩芝和海仁也會回房間躺在床上閒聊一下再入睡。

KTV大吵事件後的下一個星期五，恩芝和海仁在廚房裡煮了炸醬飯來吃，因為恩芝的外婆手受傷，所以就讓她們兩個自行料理晚餐。雖然洗碗槽周遭滿是洋蔥皮、馬鈴薯皮、紅蘿蔔皮、肉塊、滾煮時噴濺的醬汁，搞得現場凌亂不堪，但至少完成品還算是有模有樣的。海仁把荷包蛋煎得恰到好處，半熟的蛋黃無疑為整體擺盤增添了不少視覺效果，連恩芝的母親看著盤子裡的炸醬飯都不禁讚嘆。

「哇，這顆荷包蛋怎麼煎得這麼漂亮？」

「因為我們家每天都吃雞蛋，荷包蛋、蒸蛋、蛋捲、炒蛋，都難不倒我！」

海仁自豪地回答，卻突然想起了尚民抱怨為什麼每天都吃雞蛋的畫面，讓海仁突然感到有些失落。

恩芝彷彿故意說給海仁聽似的，繼續誇讚：「海仁刀功一流，切菜的速度根本就是我的兩倍快，我看我以後應該會餓死，海仁應該會很高興吧？」

外婆用纏著繃帶的手指提起湯匙，邊吃邊說：「以後妳們應該都會買外食吃吧，到時候時代又不同了，越是這樣，海仁的手藝就越顯珍貴。」

恩芝的母親望著並肩而坐的兩個女孩說道：「這樣看妳們兩個，還真像雙胞胎。」

面露驚愕的恩芝和海仁一邊說著「應該是異卵雙胞胎吧」，表情也逐漸暗沉。

海仁把頭壓得低低的，恩芝的母親驚訝地詢問：「海仁啊，妳該不會是在哭吧？」

瞬間，斗大的淚珠從海仁的雙眼一顆顆滑落，恩芝的母親連忙抽了一張衛生紙給她，什麼話也沒說。

海仁看著恩芝母親的雙眼，一字一頓地說道：「恩芝，可以，不去，雅加達嗎？」

恩芝的母親想起了四年前那段記憶。恩芝嚇出一身冷汗、臉色蒼白、躺臥在床，夏恩的爸爸送來的餅乾，宛如連夜逃難般搬離既有住處，來到陌生地區、住進陌生房子，夜已深的下班回家路，開在看不見盡頭的道路上，好不容易抵達停車場才流下的眼淚，把臉埋在方向盤上痛哭一段時間後，為了掩飾哭紅的雙眼，對著車內後照鏡重新補妝。當時還心想，明明一回到家就要卸妝，卻在進家門前精心補妝，真是既美麗又殘忍的事情。

恩芝的母親原以為，這些往事直到人生最後一刻都不會忘記，包括當時對母女倆所投以的誤會、嚴格、苛刻、漠不關心的眼神和言行，有朝一日，不論用何種形式，都一定會想方設法報仇回去。甚至某天傍晚吃完炸雞，恩芝的母親還暗自思忖，應該把餐桌上遺留的雞骨和炸雞粉等垃圾寄給前一個學校的教官才對，因為那位教官曾對交出錄音檔和監視器畫面的母親說，請她適可而止。

為了避免留下指紋，恩芝的母親還戴上塑膠手套，把雞骨、剩餘的醃蘿蔔、餐巾紙等，一股腦地塞進了夾鏈袋裡，打包到一半時她才突然回過神來，停下所有動作。「我一定是瘋了」，她喃喃自語。後來覺得自己的行為實在太荒唐，索性直接放聲大笑，然後又自覺委屈地淚眼婆娑。

當時是那麼走投無路，現在則是如此泰然自若。某種程度上，不，應該說是滿多程度上都要歸功於有海仁在的關係。

「哎呀，海仁啊。」

恩芝的母親看著淚流滿面的海仁，一方面很感謝，另一方面又很心疼，所以猶豫了一會兒，才小心翼翼地開口說道。

「海仁啊，阿姨可以體會妳現在的心情，可能會覺得沒有恩芝不行、世界都毀了、天要塌下來了，我也經歷過這樣的事情，嗯，和恩芝她爸離婚時有過這種感受，離開第一份工作時因為受了滿多委屈，所以也有過一樣的感受。但是妳看現在的我，不也是在這裡活得好好的嗎？其實到頭來會發現，這些檻都可以跨得過去，都能夠好好活下來。雖然這些話好像不適合對妳們說，但阿姨想說的是，凡事都會事過境遷的，所以不必為此流淚。」

海仁一副了解了、已經沒事了的樣子，深吸了一口鼻涕，用手背輪流擦拭右邊和左邊的眼淚。

「對不起。」

所有人再也沒說話，大家都放下了湯匙，在這片寂靜的餐桌上，唯有海仁的打嗝聲不時穿插。

恩芝的母親重新提起湯匙：「而且啊，我也還沒確定要去。」

恩芝和海仁神情低落地吃完飯，默默走回恩芝的房間。

一關上房門，恩芝就用力摀住嘴巴蹲坐在地，海仁則是用棉被將自己蒙住，否則感覺笑聲會不小心洩漏出去。

海仁其實原本是想要恭敬有禮地拜託恩芝的母親，恩芝甚至提議乾脆下跪請求，但是怎麼想都覺得兩人跪在地上央求母親「請您允許我們繼續見面吧」的畫面實在很好笑，又不是情侶在向家長取得結婚同意。

海仁不想讓恩芝去雅加達，也不喜歡恩芝被筱蘭懷疑，對於袒護筱蘭應該沒那個意思的恩芝也感到有些失望。其實原本沒有計畫要流淚，但是在那當下就不自覺地悲從中來。

恩芝好不容易靜下心來，開口說道：「什麼嘛，幹嘛突然哭啊？害我也差點跟著妳哭了。」

「妳怎麼不一起哭？」

「那我媽應該就會起疑了。」

兩人壓低音量，相視竊笑。

最終，恩芝的母親沒有被外派去雅加達，她取消了外派申請，但是當她發現公司竟然派一名和她同梯加入公司、總是抱怨連連、上班時間也經常偷溜出去抽菸的同事去雅加達時，反而希望時間可以倒轉，重新改變決定。該名同事還不識相地詢問恩芝的母親，為何要取消外派申請。

「喔，因為孩子。」恩芝的母親本來是堅持不以孩子為由的人，不論是面對結果的稱讚還是指責，都堅決不拿孩子來當擋箭牌——因為孩子在等我、因為孩子生病、因為孩子還小……她深怕這些回應會被認為是藉口，所以儘管事實的確因為孩子，也選擇獨自隱忍，深怕別人聽聞自己因為為人父母而變得成熟、上進、有責任心，會覺得矯揉造作，所以一直都絕口不提孩子。但是這次她選擇如實回答，因為要隱藏真實答案也是一件令人疲倦的事情。

「孩子幾歲呢？」

「國中生。」

「那不是最適合帶出國的年紀嗎？對上大學來說，絕對只有好處沒有壞處啊。」

你說的這些我難道會不知道嗎？

「剛好出了點狀況。總之，祝你一切順利，恭喜啊！」

同事一邊伸懶腰，一邊用厭煩的表情絮絮叨叨著一堆根本沒有人問他的事情。

「我是因為老婆一直催我才去申請的，但是真的沒想到竟然會申請成功，我才真的是因為孩子，我老婆都已經找好雅加達的國際學校，回來韓國之後要讀哪一所銜接也都選定好了。」

「嗯，很好啊，總之恭喜你啊！恭喜恭喜！」

連說了好幾次的恭喜以後，恩芝的母親便離開了位子。

下班回家的路上，恩芝的母親去了一趟炸雞店，店鋪就在社區的入口處。她告訴自己，讓遺憾停留在今天就好，於是叫了一隻炸雞和一瓶燒酒，只有用炸雞附贈的醃蘿蔔來當下酒菜。難得把完全沒碰過的炸雞原封不動地請店員打包帶回，偏偏那天恩芝很早就上床睡覺了。

「這是買給恩芝吃的炸雞呢。」

「我看是妳想喝酒所以去點的吧。」

外婆揉著眼睛走出房門，從紙袋裡拿出外帶回來的炸雞盒，冰進泡菜冰箱裡，然後打了一個長長的哈欠。

重來，海仁的故事

筱蘭坐在咖啡廳裡看得見公共電話亭的窗邊位置，雙手不停顫抖。

「要是有被錄音的話怎麼辦？」

最近光是撥打到客服中心，都會播放對話將錄音留存的廣播，更何況是學校。不安感迅速蔓延，恩芝和多允也馬上露出了類似的表情，只有海仁一副老神在在。

「沒關係啦。」

「妳才沒關係，我很有關係，要是被抓到就完蛋了，很可能會被學校記過處分。」

「應該是不會那麼輕易把檢舉內容洩漏出去，假設，假設真的有錄音檔流出，那就讓它流出去也無所謂。」

「可是我的聲音也有被錄在裡面，這怎麼可以？」

「欸，誰會分辨得出同年齡的女國中生嗓音啊？就連我們的媽媽都分辨不出來。」

真的嗎？筱蘭半信半疑。

「要測試看看嗎？來，把手機給我。」

海仁拿起筱蘭的手機，從通話紀錄裡找到「媽媽」並按下通話鍵，再按了擴音鍵。

『喂？』

「媽！」

『嗯，筱蘭。』

「媽，我今天補習班結束會和朋友們吃個辣炒年糕再回去喔！」

『好，不要太晚回來啊。』

「媽！」

『嗯？』

「今天也會晚下班嗎？」

『應該和昨天差不多時間下班，有什麼事嗎？』

「沒有，就只是問問而已，那我知道了，掛嘍！」

『嗯～』

喀啦。

全程屏住呼吸、仔細聆聽的三人瞬間捧腹大笑，尤其是筱蘭笑得最大聲。

「我媽怎麼會這樣！連女兒的聲音都分辨不出來。」

「妳看，我說的沒錯吧？不只是妳媽，我想所有人的媽媽應該都聽不出來喔！」

「可是只要分析聲音應該就能查得出來是誰吧？《想知道真相》裡不是經常出現這種橋段嗎？」

「現在又不是發生命案，誰要分析我們的聲音啊？」

筱蘭拿著一張寫有海仁家地址和阿姨家地址的紙條，深吸一口氣，朝公共電話亭走去。

重來，多允的故事

多允沒有把握說服滿腔熱血幫忙準備申請高中入學的班導師，以及想要趁此機會卸下一些罪惡感的父母，尤其學校近幾年都沒什麼亮眼成績，自然是心急如焚，有著強烈意志一定要讓一名學生順利申請上特目高中，而那名學生理所當然非多允莫屬。

若說多允的內心絲毫沒有動搖，那是騙人的。她曾經想過，如果順利申請到京仁外語高中，將來就能順利擠進名門大學嗎？現在的選擇會不會徹底改變我的一生呢？可是不論思考多久，都始終找不到明確的答案。

再加上隨著自律型私立高中取消加設，外語高中和自律型私立高中即將變成普通高中的新聞也越演越烈，學校方面雖然堅稱這些制度改革只會對目前就讀國小的學生有影響，卻不禁讓多允不免懷疑，學校是不是只是為了眼前的成果而毫不顧慮她的未來發展。

在那段老師全力支援的期間，高中申請書也準備得十分順利。

事已至此，能讓多允從京仁外語高中順利落榜的方法，只剩下不去遞交申請書，或者乾脆缺席面試、把面試搞砸這三種方法，四個人絞盡腦汁，思考著有沒有什麼不可逆的情形能讓多允免於受到師長的苛責，能從落榜的結果中全身而退。

多允表示希望自己可以出一場車禍，或者從哪個地方失足摔落，但不要傷得太嚴重就好。

「從三樓掉下去應該不至於重傷吧？」

「應該會很痛喔！」

「那如果是二樓呢？」

「應該不至於無法參加面試。」

多允無話可說。

「面試當天早上，妳就發了瘋似的在地上打滾，說自己很痛，鬼哭神號的那種，然後被送上救護車，就算到了醫院檢查結果顯示毫無異常，醫院一定也會幫妳找個理由，不論是因為壓力導致，還是緊張導致都無所謂。」

「可是我家有一個真的在生病的妹妹，裝病是行不通的，他們一眼就能看得出來。」

說到這裡，多允突然想起自己因為家中有個長年生病的妹妹，所以經常需要放棄掉的機會、回憶和情感。包括燉煮水梨和紅棗時所散發出來的香甜氣味；看著多婷捏住鼻子好不容易大口嚥下時緊皺的眉頭，默默跟著一起咂嘴的記憶。

十歲那年冬天，擔心感冒會傳染給多婷，獨自裹著棉被承受身體不適，最後不得已自己去藥局買藥，藥師還驚訝地問著「妳一個人來買藥嗎？」那雙睜大的眼睛；每次都被臨時取消的旅行；母親用冰冷的手解下多允的圍巾，替多婷圍上；多允笑著對母親說「我不冷，沒關係」。年幼的嗓音，彷彿迴盪在多允的耳邊。

多允想要對母親、父親、沒做錯任何事所以再也忍無可忍的多婷造成一些傷害，想要澈底打亂靜謐的日常。

「看來得用妹妹生病作為理由，而不是我生病。」

「走進面試場地前，我會收到一封來自母親的簡訊，簡訊內容是多婷臨時進了急診室，然後我就急忙衝去醫院，卻發現那封簡訊並非母親傳的。最終，未能參加面試的我自然順理成章無法上京仁外語高中。」這便是多允規劃的劇本。

「我媽不用聊天軟體，只傳簡訊。準備進去面試時，用我媽的手機號碼傳一封簡訊給我就好。」

「可是最近已經沒辦法更改寄件人的電話號碼了。」

「啊……是喔？」

多允的眼神瞬間失去希望，她掏出自己的手機，摸來摸去，按來按去，看來看去，最後放到了桌上。

筱蘭提議再想想看有無其他辦法，多允則是搖著頭自言自語，「真希望能以多婷或我媽當理由。」

多允的面試即將在兩天後舉行，為了進行最後一次的演練，四人聚集在恩芝家中，正好外婆出門去參加會友聚會，所以恩芝家裡空無一人。

孩子們一進到恩芝家，便黏在電視旁的 Wi-Fi 分享器旁，將分享器翻過來輸入密碼，再依序跳上沙發。

海仁叫多允面試時不要回答任何面試官的提問，恩芝則認為這樣不妥，因為之後傳出去會讓多允很為難，所以持反對票。正當朋友們在絞盡腦汁想對策的期間，多允則是一直嘗試傳簡訊給恩芝、海仁和筱蘭。

「我的號碼有顯示嗎？」

「嗯，姓名、電話，統統都有顯示。」

「宋恩芝，妳的手機也有顯示嗎？」

「當然啦，怎麼可能不顯示。」

「原來 IPhone 也會顯示。」

「妳又不是用 IPhone。」

「嗯，我的不是 IPhone。」

「那幹嘛問？」

「唉，是啊。我還是希望能用多婷當理由。」

這時，坐在按摩椅上不停滑手機的筱蘭放聲尖叫。她使勁地從被緊緊夾住身體的按摩椅中掙脫出來，揮動著手上的手機給朋友們看。

「竟然有專門傳假訊息的手機應用程式！可以幫妳創造簡訊！」

這款應用程式是只要輸入傳送者的電話號碼和簡訊內容，就會在自己的簡訊箱裡產生一則假訊息，簡訊不會真的顯示在傳送者的手機裡，只會顯示在自己的手機中。如果傳送者的電話號碼是平時經常有簡訊往來的號碼，就會在既有的簡訊對話視窗中出現這則假訊息，完全能以假亂真。

多允立刻下載了這款應用程式，在四人目光同時聚焦在多允手機螢幕的情況下，多允在傳送者電話欄裡填入了筱蘭的電話號碼，並於訊息內容欄裡輸入「測試」兩個字，將傳送訊息時間設定為「現在」，然後按下「完成」鍵，結果手機沒有出現任何通知或震動聲響。

多允用忐忑不安的心情打開了和筱蘭之間的簡訊視窗，由於平時多允都是用聊天軟體和朋友們聯繫，所以很少傳簡訊，最後一封和筱蘭的簡訊是停留在上次把收到的化妝品優惠券轉送給筱蘭，但是在那下方果真出現了一則來自筱蘭的對話框，寫著「測試」兩個字。

「哇。」

「酷喔。」

「起雞皮疙瘩了。」

海仁幾乎是用搶奪的方式將多允的手機一把抓了過來，打開仔細端詳。接著換恩芝，再換筱蘭也確認了多允手機裡的訊息，那則假訊息毫無破綻，完全看不出來是自行生成的簡訊內容。筱蘭的手機則是沒有顯示任何通知，也找不到任何和多允有關的新訊息。

多允露出了耐人尋味的表情，望著自己的手機好長一段時間，然後將假簡訊刪除。

「我早上會先按時出門，然後在地鐵站的公共廁所裡，用這款應用程式弄一則假裝是母親傳來的簡訊，再將應用程式刪除，接著我會在外面逗留一段時間再回來。」

「妳有辦法冷靜、清楚記得所有步驟嗎？」

「我可是聰明人。」

「真的能萬無一失嗎？假如妳媽到時候報警處理的話怎麼辦？」

多允搖了搖頭，其他人都以為搖頭是指「不可能」的意思，但其實多允想表達的是「無所謂」。她認為就算被母親發現，應該也會很有意思。

在多允心中，一方面希望任何人都不曉得她鬱悶無解的家庭狀況，另一方面又很希望有人可以主動察覺，兩種心情盤根錯節，討厭被人同情，卻又想得到安慰。

母親能否理解這樣的多允呢？要是知道女兒發了一封假訊息給自己，母親會說什麼呢？

多允按照計畫躲在地鐵站的公共廁所裡，用下載好的應用程式軟體產生了一則假訊息，並將軟體移除。原以為手會抖個不停，卻出乎意料的沉著冷靜。

當她站在廁所的洗手臺前時，多允看見鏡中未上妝的自己，感到十分陌生又疲倦。她拿出唇釉，只有在下唇中央輕點兩下。現在的時間還能進入面試場地，如果要反悔，只要把假簡訊刪除就好，一切都還來得及。

多允仍猶豫不決，只好先往京仁外語高中的方向走去，但是就在此時，口袋裡的手機響起震動。

『真心奉勸妳，往妳想要的方向做選擇，我很開心我們能成為朋友。』

是筱蘭傳來的訊息。

我想要的方向？我究竟想要什麼？然後在上一則訊息裡，顯示著母親的電話號碼，但其實是多允弄的假簡訊——「多婷情況不妙，我們在上次那間急診室。」

多允杵在原地，輪流看著這兩封簡訊，耳邊卻傳來了熟悉的女子嗓音。

「女兒！女兒！」

多允抬起頭，環顧四周。一輛白色轎車的駕駛座伸出了一隻手臂，就連對車子一竅不通的多允都能夠一眼看出那是一輛年代久遠的車款，但是外觀被保養得非常妥善，潔淨明亮。

「小琳！加油喔！」

走在多允前方的女同學轉身朝白色轎車揮手。

曾幾何時，多允的母親也是以「小允」來親暱地稱呼女兒，但那已經是多年前的事了，究竟從何時起母親不再用「小允」來呼喊女兒，多允早已不記得，也無所謂了。

她悲傷又無奈地體悟著那份無所謂的心情。

多允默默思考著，要是筱蘭傳來的那封簡訊是母親傳來的該有多好，想著想著，混亂的心情也終於理出了頭緒。

她刪掉筱蘭的簡訊，找到母親的電話號碼，按下通話鍵，再馬上掛掉，轉身往地鐵站的方向跑去。

重來，筱蘭的故事

父母去上班、哥哥去重考補習班聽面試技巧講座的早晨，筱蘭獨自在家用牛奶泡了一碗麥片來當早餐。

轉眼間，時間已經來到多允要前往面試的時候，她現在人在哪裡呢？在搭地鐵？還是行走在往京仁外語高中的路上？還是躲在地鐵廁所裡的最後一間，猶豫不決？

筱蘭左思右想，從口袋裡掏出了手機。

多允總是孤單一人，許多事情需要她獨自煩惱、做決定、負責任，也似乎是覺得這樣的自己很可憐。筱蘭心想，說不定多允現在正在用令人心疼又開朗的表情，做著自私的決定。

筱蘭傳了一封簡訊給多允，她不想要將訊息留在群組聊天室裡，也認為多允接連看到筱蘭傳給她的訊息和軟體產生的假訊息，心情應該會更差，所以她選擇傳簡訊給多允，藉由這封簡訊讓多允心生動搖、變得懦弱，然後想起朋友。

尾聲

開學典禮當天也是一如既往、大同小異的行程，四人先去國中時期就經常光顧的辣炒年糕店，再到大型商場去逛街，最後去KTV唱歌——就是筱蘭和海仁大吵的那一間——便各自分頭回家。

筱蘭一回到家，發現有個包裹放在門口，那是一臺卡帶收音機，為了播海仁送給她的萬聖節禮物而購買的。好奇了幾個月，終於訂了一臺重新維修過的二手貨。

她把卡式錄音帶放進收音機裡，按下播放鍵，一開始是出現一些吱吱喳喳的雜音，後來就傳出了輕快的音樂，原來是英文兒歌精選集。

什麼嘛，的確是英文錄音帶啊！李海仁，這大騙子。

其中幾首曲子是小時候聽過太多遍，不用努力回想也能朗朗上口的歌曲。

Twinkle, twinkle little star.

How I wonder what you are……

本來歌詞是這樣的嗎？筱蘭反覆回想歌詞，「How I wonder what you are.」多麼驚訝有妳，多麼驚訝有妳們。

筱蘭打開手機，重新點開四個人站在禮堂前的合照。

我不後悔，朋友們一定也是如此。

多允對特目高中沒有把握，也想讓家人受一次傷；海仁不想增加家庭經濟上的負擔，也不想代替父親完成他的心願；恩芝不想讓母親失望，卻也不想失去朋友，每個人都有各自的衡量和打算。

濟州島那天傍晚許下的承諾固然重要，卻也好像不是最重要的，所有人都只是選擇了對自己最好的決定。

到頭來，反而是筱蘭不曉得自己的衡量和打算究竟是什麼，她還什麼都不知道，有時候會覺得自己好像很落伍，也會為此焦慮不已。不過，她認為這樣也無所謂，只要慢慢找尋答案即可，這年紀本就是如此。

作者的話

居住在濟州島的友人每到冬天就會寄橘子給我，每一顆都果香四溢，於是不禁讓我想到果實在成長茁壯、豐富滋味的過程。成長，其實是一件孤單又沉重的事情，「其他人也是這樣長大」、「妳到底哪裡有問題？」面對這些言語，我想說的是，只要自己有感受到痛苦那就是痛苦，會有這樣的感受也是情有可原。

小說裡的四名好友在高中開學典禮時，到學校禮堂拍了一張合照留念，但是今年（二〇二〇年）春天，因為COVID-19疫情迫使生活中斷，我相信現實生活中應該有許多新生是沒有辦法參加開學典禮的，而且不只新生，大部分學生應該也很難全然體會迎接新學期、新教室、新同學的興奮感、期待感和緊張感。

由衷期盼這本書能為正在度過陌生艱苦期的人們，獻上一絲安慰與問候；對於尚未熟成、曾經有過青澀年華的所有人來說，雖然為時已晚，但願能成為一道和煦陽光。

我要感謝文學村（Munhakdongne）出版社童書編輯部，將不甚完美的原稿修補成書，溫暖的鼓勵與思慮深遠的建議，將銘記在心。一同合作的期間，著實令我倍感幸福、安全可靠。

另外，我也要特別感謝在寫這本小說時給我許多幫助的多恩、姸雅、智恩、珍英、彩媛，以及不願露出姓名的兩位朋友。

感謝我的第一位讀者，也是讓我決定提筆寫下這本小說的寶貝女兒。我所寫的故事，不是由女兒開始，就是由女兒完成。

二〇二〇年春
趙南柱

高寶書版集團
gobooks.com.tw

TN 284
橘子的滋味
귤의 맛

作　　者　趙南柱（조남주）
譯　　者　尹嘉玄
責任編輯　高如玫
封面設計　林政嘉
內頁排版　賴姵均
企　　劃　方慧娟

發 行 人　朱凱蕾
出　　版　英屬維京群島商高寶國際有限公司台灣分公司
Global Group Holdings, Ltd.
地　　址　台北市內湖區洲子街88號3樓
網　　址　gobooks.com.tw
電　　話　(02) 27992788
電　　郵　readers@gobooks.com.tw（讀者服務部）
傳　　真　出版部　(02) 27990909　行銷部 (02) 27993088
郵政劃撥　19394552
戶　　名　英屬維京群島商高寶國際有限公司台灣分公司
發　　行　英屬維京群島商高寶國際有限公司台灣分公司
初　　版　2021 年 8 月

國家圖書館出版品預行編目(CIP)資料

橘子的滋味/趙南柱著；尹嘉玄譯. -- 初版. -- 臺北市：高寶國際出版；高寶國際發行, 2021.08
面；　公分. --（文學新象；TN 284）

譯自：귤의 맛

ISBN 978-986-506-177-7（平裝）

862.6　　110010041

GOBOOKS
& SITAK
GROUP©